古典から生まれた新しい物語
おもしろい話

耳あり呆一《ほういち》

日本児童文学者協会・編
山本重也・絵

目次

このシリーズについて

この本に収《おさ》められているお話は、四人の作家が古典作品《こてんさくひん》からインスピレーションを得《え》て創作《そうさく》したものです。「古典をヒントに新しくつくられたアンソロジー」といいかえてもよいでしょう。

それぞれの物語《ものがたり》の最後《さいご》に、作者《さくしゃ》からのメッセージがあります。ここで、作家はどの古典作品をとりあげて執筆《しっぴつ》したのかを明かしています。それらは時代《じだい》や国を問わず、また、文学作品だけでなく、民話《みんわ》や伝説《でんせつ》など幅広《はばひろ》いジャンルからえらばれています。だれもが知っている有名《ゆうめい》な作品もあれば、あまり聞いたことのないものもあるはずです。どんな古典なのか、予想《よそう》しながら読んでみるのもおもしろいでしょう。

また、巻末《かんまつ》には、古典にふれる案内《あんない》として、解説《かいせつ》と本の紹介《しょうかい》ものせました。作品を読んで、その物語が生まれるきっかけとなった古典に興味《きょうみ》をもった読者《どくしゃ》は、ぜひ、そちらのほうにも手をのばしてみてください。

編者／日本児童文学者協会
編集委員／津久井惠、藤真知子、宮川健郎、偕成社編集部

恋《こい》はハートで

牧野《まきの》節子《せつこ》

「はーいコロチ！　元気してる？」

西の空があかね色にそまりはじめた夕ぐれどき。ぼくが庭《にわ》の花に水やりをしていると、垣根《かきね》ごしに、となりの家の羽月《はづき》が声をかけてきた。

ウサギのかたちのリュックをせおっている。どこかから帰ってきたばかりのところらしい。

ぼくんちの庭と羽月んちの庭は、背《せ》の低《ひく》い生《い》け垣《がき》で仕切《しき》られているだけだから、羽月とぼくは幼《おさな》いときから、こんなふうに垣根ごしに話すことがよくある。

「なんか、しけた顔してるね、コロチ。ポテチだったらだれも食べないよ」

「チッ、ポテチじゃねぇし。それにそのコロチってのも、いいかげんやめろっつーの」

「えー、なんでなんで？　いいじゃん、本名よか、ひびきがかわいいし」

「もう五年生だし、ガキっぽいっつーの」

幼稚園《ようちえん》がいっしょだったとき、羽月がぼくにつけた呼《よ》び名《な》が「コロチ」。ぼくの名、孝司《こうじ》をもじったんだとか、あとになってからいってるけど、そんなのウソだ。

ぼくはおぼえている。あれは、園庭《えんてい》で友だちとドロケイをやっていたときのことだ。

ドロボウ組のぼくは、ケイサツ組の子から逃《に》げている途中《とちゅう》で大きくすっころんだ。
そのひょうしに、ボールみたいにころがって、亀《かめ》が飼《か》われてる浅《あさ》い池にボッチャンと
はまっちまった。そのとき、そばの砂場《すなば》で遊《あそ》んでいた羽月《はづき》が、大笑《おおわら》いしながらうたっ
ていたことを、ぼくは、はっきりとおぼえている。
『きゃはは、うける～！　♪孝《こう》ちゃんコロコロドンブリコ～』
羽月はそのころから、その場ですぐ替《か》え歌《うた》をつくったり、でたらめな歌をつくるく
せがあった。池からあがったびしょびしょのぼくを指《ゆび》さし、羽月はうたいつづけて
いた。
『♪コロちゃんコロコロコロコロチッチ～』
まわりの子たちもそれをまねして、「コロチッチ～」とうたいはじめた。先生が走っ
てきて、ぼくをタオルでつつんでつれてってくれるときも、「コロチッチ～」の合唱《がっしょう》
はつづいていた。
その日から、ぼくの幼稚園《ようちえん》での呼《よ》び名《な》は「コロチ」。それはコロコロふとっていて
背《せ》がちっちゃいぼくに、あまりにぴったりの呼び名で、ぼくはおおいにきずついた。

いまぼくは、羽月《はづき》とはちがう、私立《しりつ》の小学校に通っている。親がぼくのためにえらんだ学校だけど、それはぼくの希望《きぼう》とも合っていた。羽月たちと同じ地元の小学校にいったら、ずっと「コロチ」ってよばれることになる。それがたまらなく、いやだったからだ。

「ガキっぽいっつーの」といったぼくを、羽月は垣根《かきね》ごしに見おろし、笑《わら》う。

「だってコロチ、ガキじゃーん」

幼稚園《ようちえん》のときから羽月はぼくより背《せ》が高く、その差《さ》はいまも、ちっともちぢまらない。

「コロチ、またエアコンがんがんつけて部屋《へや》にいて、お菓子大量《かしたいりょう》に食べてたんでしょ？　そんで、お母さんに『少しは表《おもて》に出なさい』とかいわれて、いやいや水やりやってるとか～」

チッ、図星《ずぼし》だけど。

「この暑《あつ》いのに、毎日外に出かけてる羽月のほうがおかしいんだよ」

「だって、せっかくの夏休みじゃん。ねえねえコロチ、きいてよ！　あたし、今日ね、恋《こい》をしちゃったんだ〜！」

「……こい？」

「うん！　♪恋におちたの、濃《こ》い恋よん、ラブラブアイラブ、すっきやね〜ん」

バッシャーン！　めっちゃへたくそな歌に、ぼくは思わずじょうろを落《お》としてしまった。

「そのへんな歌うたうくせも、やめろっつーの。チッ、恋とかって……同じ学校のやつか？」

「ううん、中学生バンドのボーカル」

「バ、バンドー？　しかも中学生？　そんなやつと、どこで知り合ったんだよ」

「あのね、うちのおばあちゃん、歌を習いにいってて。えっと、ほら、早口ことばでもあるじゃん。シンスンサンソンショー」

「いえてねぇよ。新春シャンソンショーだろ」

「そう、それそれ。ここから三つ先の日向《ひなた》が丘駅《おかえき》に、商店街《しょうてんがい》があるでしょ。そこの楽《がっ》器店《きてん》の音楽教室に通ってるの。今週は商店街で夏フェスやってて、駅前広場でおばあちゃんもうたうんで、聴《き》きにいったの。そしたら学生バンドも出てて、そのひとつがね、デクノボウズ！」

「は？　デクノボウ？　それって、役《やく》に立たないやつって意味《いみ》だぞ。ダッサいバンド名だな」

「わかってないねコロチ、わざとダメっぽい名をつけるのがかっこいいんだよ。ボーカルの人の髪《かみ》は、さらさらのロングヘアでね、足が長くてイケメンでギターもうまくて、すっごくすてき！　この歌が特《とく》によかったな。♪ハードなマシンより、ハートなヒューマン〜」

両耳《りょうみみ》のわきで結《むす》んだツインテールをふるふるとゆらしながら、羽月《はづき》はうたう。目がキラキラと、ハートマークになっている。

「いつか、あたし、あんな人とケッコンできたらいいなーって」

「……け、結婚《けっこん》？」

「うん！　あたしね、最近《さいきん》読んだマンガ『スイートウェディング』に、はまってるのー。十二歳《さい》の女の子が恋《こい》をして、そのあといろいろ悲《かな》しいこともあるけど、十六歳

でケッコンして幸《しあわ》せになるストーリー。そのマンガにもね、バンドやってるイケメンが出てきて、デクノボウズのその人に似《に》てるの。今日ね、ステージのあと話しかけたら、やさしい目で見つめてくれて、『フェスのあいだは毎日出ているから、またおいでよ』って、キャー！」

「やめろやめろー！　バンドやってるのなんて、ろくなやついないぞ。ほら去年《きょねん》も、有名《ゆうめい》なバンドの、なんていったっけか、そうだ、『ヤンキージャンキーペーパー』のリーダーのやつとか、『イカの足噛《あしか》み少年』のボーカルのやつとか、二人とか三人とかの女の人と同時につきあったりしてて、いろんな人の心をきずつけていたじゃないか。サイテーだ！」

「羽月《はづき》ー、ごはんよー！　あら、こんばんは孝《こう》ちゃん」

羽月んちのキッチンの窓《まど》があいて、お母さんが顔をのぞかせた。いいにおいがする。

「あ、おばさん、こんばんは」

「孝ちゃん、カレーすきだったわよね。今晩《こんばん》はカレーなのよ。いっしょに食べるー？」

「ありがとうございます。でも、ぼくんちも、もうすぐ夕食だと思うんで」

「そう。ねえ孝《こう》ちゃん、幼稚園《ようちえん》のときみたいに、またいつでも遊《あそ》びにきてね。じゃあね」

キッチンの窓《まど》は、するりとしまった。

「またね、コロチ」

「あのさ、あしたもいくのかよ。そのフェス」

「え？　ううん、あたし、あしたとあさっては、いとこの和子《かずこ》のところに泊《と》まりがけで遊びにいく約束《やくそく》、ずっと前からしてるの。でも、フェスは今週いっぱいあるみたいだから、帰ってきたらまたいくんだ。コロチも、よかったらいっしょにいこうよ。じゃあね！」

羽月《はづき》はくるんと後ろを向《む》くと、ツインテールと、リュックのウサギの耳をゆらしながら、家のなかに入っていく。羽月の恋《こい》の話は、カレーのにおいといっしょくたになって、ぼくの胸《むね》のなかに、もやもやしたものを残《のこ》していった。

♪パリの灯《ひ》うつる　セーヌ河《がわ》

わたしたち　二人の恋《こい》がただよう
いとしい彼《かれ》は　十五歳《さい》
まぶしい未来《みらい》を　もつ青年……

駅前広場《えきまえひろば》に組まれた屋外《おくがい》ステージでは、でっぷりした中年の人が思い入れたっぷりにうたっている。あれがシャンソンってやつかな？

きのう羽月《はづき》の話をきいてから、なんか気になってようすを見にきたんだけど……。

『日向《ひなた》が丘商店街《おかしょうてんがい》　サマーフェスティバル♪ミュージックライブ♪　協賛《きょうさん》　亜古木《あこぎ》楽器《がっき》』

舞台《ぶたい》のわきには、そんな文字が書かれた大きな看板《かんばん》が立っていて、その横《よこ》のボードには、「本日午後の出演者《しゅつえんしゃ》」の名と出演時間が書かれていた。

羽月からきいたバンドの名をボードでたしかめると、出演時刻《じこく》まではまだ間《ま》があったので、さっき駅前で見かけた本屋《ほんや》にいくことにした。

参考書《さんこうしょ》のコーナーであれこれ見ながら、ふと、自分の未来のことを考える。

ぼくの成績《せいせき》は学年でいつもトップ。いまのところ、父さんみたいに医者《いしゃ》になるつもりだ。

父さんはいつもいっている。「人をたすけることができる人間になれよ」と。

それから、こうもいっている。「男は頭だ。見た目じゃないぞ」と。

それは、小ぶとりの体形とブサイクな顔をもつぼくへの、なぐさめのことばなのかな？

父さんは背《せ》が高くてハンサムで、母さんは美人《びじん》だ。ぼくはいなかのおじいちゃんに似《に》たのかも。隔世遺伝《かくせいいでん》ってやつだ。やさしいおじいちゃんのことは大すきだけどね。

そろそろ時間になったので広場にもどった。

あ、あのボーカルだな。チッ、たしかにイケメンだ。ピンクのギター。キラキラ光る宝石《ほうせき》みたいな大きなビーズがちりばめられた黒のジャケットに、細身《ほそみ》の黒いパンツ。

チャラいかっこうだ。

♪きみの夢《ゆめ》はなに　アイドル？

おれの夢《ゆめ》はそう　ユーチューバー
ユー アンド アイ　ともに夢を
追《お》いかける二人　ドリーマー

やがてステージを終《お》えたボーカルのやつは、広場にあるカフェテーブルのところにおりてきたかと思うと、すぐに数人の女の子にかこまれてしまった。ぼくは女の子たちがひけるまで数十分待《ま》ってから、そいつのそばによっていった。どんなやつか知りたかったから。


「ん？　きみは、おれの新しいファンかい？」

「いえ、あのー、きのう、あなたの歌を聴《き》いた、羽月《はづき》って子の知り合いなんですけど」

「ハヅキ？」

「ええ。ウサギのリュックもってて、ツインテールの」

「ウサギ？　ツインテール？　うーん、おぼえてないけど。でも、その子におれの演《えん》奏《そう》のこときいて、見にきたんだな。どうだった？　おれのステージ、かっこよかった

かい？」

なんだ、こいつ。『またおいでよ』とかいったくせに、羽月《はづき》のことをおぼえていないって？　失礼《しつれい》なやつだ。それに、「おれ」「おれ」って自分のことばっか。こんな中《なか》身《み》のなさそうなやつ、なんで羽月はすきになったんだ？　やっぱ、見た目にひかれたんだろうけど……。

「レオーン、ちょっといいかしらん」

「やあ、マルボ、もちろんさ」

あっ、さっきシャンソンをうたっていた人だ。

「あーら、このボウヤ、アタシのミニチュアみたいな子ねぇ。レオンのファン？」

この人、四十歳《さい》すぎぐらいに見えるけど、おじさん？　おばさん？　さっきステージで見たときも、よくわからなかった。服《ふく》は、てらてら光っている白いシャツと黒のパンツ。かりあげた髪《かみ》、広い肩幅《かたはば》のジャンボな体、ふとくてガラガラの低《ひく》い声は男の人だけど、しぐさやことばづかいは女の人だ。……そ、そうか！　きっと、オネエってジャンルの人だな。

「よろしくね、ボウヤ。でも、アタシがレオンの〝ナンバーワン!〟のファンだからね。アタシ、彼《かれ》に恋《こい》してるのよん。あら、なにその顔?」

「あ、いえ、ただ、そのー、年がずいぶん、はなれているかなって」

「まあ、ブスな考え方ね。年の差《さ》なんかカンケーないわ。恋しく思う気持《きも》ちはね、年《ねん》齢《れい》とか、男であるとか女であるとか、そういう区別《くべつ》をすべて、とびこえるものなのよん」

「は、はあ……」

「ボウヤの名前は? へえ、孝司《こうじ》っていうの。いい名前ね。アタシ、日向《ひなた》が丘《おか》でシャンソン喫茶《きっさ》をやってる丸山《まるやま》っていうんだけどね、マルボって呼《よ》び名《な》、レオンがつけたのよん。アタシの体が丸くてボッテリしてるからですって。ひどいわよねえ、ホッホッホッ!」

ぼくは思わず、きいてしまった。

「そんなこといわれて、きずつかなかったんですか?」

「あら、思いやりのある質問《しつもん》。そりゃ少しはね。でもねボウヤ、人生は、きずつくことの連続《れんぞく》よ。それを一つ一つ乗《の》りこえて強くなっていくのが、生きるってことなの。アタシは彼《かれ》に片思《かたおも》いしてるわけだけど、無視《むし》されるよりは、へんな呼《よ》び名《な》でもつけてもらえるほうが幸《しあわ》せ。それに、けっこうチャーミングな呼び名だし……あら、彼、どこいったのかしら？　やだ、あんなところに。レオーン！」
レオンはべつのテーブルにいって、また女の子たちにかこまれていた。

次《つぎ》の日もぼくは、日向《ひなた》が丘《おか》の駅前広場《えきまえひろば》にいた。なんか胸《むね》のなかのもやもやが消《き》えなくて、だからまた、きてしまったんだ。
レオンは今日はブルーのギター。白のデニムジャケットにダメージジーンズ。きのうより、あっさりさっぱりしたかっこうだ。……あ、これが、羽月《はづき》のいってた歌だな。

♪ハードなマシンより　ハートなヒューマン
きのう恋《こい》におちるまで　おれは気づいていなかった
おれのハートが　どこにあるかを

きみのハートの　ありかはどこだ
考えるアタマより　感《かん》じるココロ
恋《こい》はハートで　恋はハートで

ステージのあと、ぼくはきのうと同じように、彼《かれ》に近づいていった。

「ん？　きみは、おれの新しいファンかい？」

わっ、こいつ、きのうのこともおぼえてないのか。かなりやばくね？

「あのー、ぼくは、おととい、あなたの歌を聴《き》いた、羽月《はづき》って子の知り合いなんですけど」

「ああハヅキちゃんか。おぼえてるよ。ツインテールのかわいい子だろ」

えー？　今日は、おとといのことを思いだしたのか。どういう構造《こうぞう》の記憶力《きおくりょく》なんだ？

きのう羽月のことを忘《わす》れてたのには腹《はら》がたったけど、いまみたいに「かわいい」なんていわれるのも気にくわなくて、ぼくの胸《むね》のなかのもやもやは、まっ黒い雲になっていく。なにかいいたいんだけど、なにをいったらいいのかもよくわからなくて、いらいらする。

「あの、ぼく、えっと、その……」

「ん？　もしかして、おれに話したいこととかあるのかい？　うーん、そうだな、ここはちょっとざわざわしてるから、近くの公園にでもいこうか」

長い足でかろやかに歩きだした彼《かれ》のあとを、ぼくはとことこと追《お》いかける。


セミがわんわん鳴いている公園の木陰《こかげ》のベンチに、レオンとぼくはならんですわった。ここにくる途中《とちゅう》の自販機《じはんき》で彼が買ってくれたイチゴオレを、ふたりで飲《の》む。

「ところで、あのハヅキちゃんて子、きみのガールフレンドなのかい？」

レオンがやわらかな声できいてきたせいだろうか。冷《つめ》たいイチゴオレがおいしかったせいだろうか。ぼくはなんだか自然《しぜん》に、羽月《はづき》とぼくのことを話しはじめていた。

「ていうか、おさななじみだけど、あいつ、すげえ単純《たんじゅん》で、天然《てんねん》で、無神経《むしんけい》で……」

幼稚園《ようちえん》のとき羽月がぼくにつけた呼《よ》び名《な》のことや、そのあとのことなんかも、ぼく

は話した。

「幼稚園《ようちえん》の庭《にわ》でドロケイしててころんだとき、ぼくは手にけがをしたんだけど、羽月《はづき》は次《つぎ》の日から毎朝、幼稚園バスのなかで、ぼくの手のキズテープをはりかえてくれたんだ。それって、羽月のすきなウサギのキャラが描《か》いてあるキズテープだから、かなりはずかしかったけど、でも、うれしかった」

「そうか。ハヅキちゃんは、じつは、やさしい子なんだね」

「うん。そのとき思ったんだ。もしかこの先、羽月がけがするようなことがあったら、ぼくは必死《ひっし》で治《なお》すし、いや、それよりも、羽月がきずつくことが起《お》こる前に、それをとめたいって」

しゃべっているうちにぼくは、自分の思っていることが、はっきりしてきた。

「ぶっちゃけいうと、おととい羽月は、デクノボウズのボーカルに恋《こい》したっていってて。けどあなたは、羽月に恋とか、そんな気ないでしょ？　だったら、気のあるふりとかして、あいつをまどわせたり悲《かな》しませたりしないでほしい。だれであっても、羽月をきずつけることはしてほしくないんだ」

レオンは、深《ふか》く大きくうなずきながら、ぼくの目を見つめた。

「きみは羽月《はづき》ちゃんのことが、とてもすきなんだね」

「ち、ちがうよ。ただ、おさななじみがきずつくのはいやだから、まもりたいと思って」

「まもりたい。そう思うのは、もう、すきってことさ。ちゃんと告白《こくはく》したらどうだい」

「だ、だから、そういうんじゃなくて……」

「ま、安心《あんしん》しろよ。おれが彼女《かのじょ》をきずつけるなんてことは、ありえないから。だって、おれ」

レオンはイチゴオレを飲《の》みほし、からの容器《ようき》を遠くのごみ箱《ばこ》に、かっこつけてポーンと投《な》げた。ボンッ！　ジャストイン！

「おれ、女だもーん」

「……え？　え！　ええー!?」

ぼくはずっこけて、ベンチからずり落《お》ちる。

「で、で、でも、『おれ』っていってるし」

「アニキがいて、小さいときからその口ぐせがうつっちまったのさ。それにおれ、女《じょ》性《せい》ばかりの『高見塚歌劇団《たかみづかかげきだん》』の男役《おとこやく》をめざしてるんだ。いずれ劇団の入団試験《にゅうだんしけん》も受《う》けるつもりだから、その準備《じゅんび》もかねてるってわけさ。はっはっはっはっ！」

レオンのごうかいな笑《わら》い声《ごえ》が、せみの鳴き声をけちらしながら青空にのぼっていく。ぼくの胸《むね》のなかの黒い雲は、いつのまにか消《き》えていた。

「まさかコロチが、いっしょにいく気になるとは思わなかったよ」

「ふん、たまには外に出るのもいいかも」

「でもコロチ、もう汗《あせ》だっらだらだね。少しだけやせれば、そんなには汗かかないかもね」

「チッ、うっさいっつーの」

レオンが女の子だってことは、まだ羽月《はづき》にはいっていない。今日、本人の口からきかせて、びっくりさせてやるんだ。

ぼくのもくろみは成功《せいこう》した。演奏《えんそう》のあとレオンは、会場のカフェテーブルのところで、きのう、ぼくにいったのと同じことを羽月《はづき》に話した。羽月のおどろきようったらなかった。

話し終《お》えると、レオンはほかのテーブルにいき、また女の子たちにかこまれていた。彼女《かのじょ》たちのなかには、羽月のようにかんちがいしている子もいるけれど、ほとんどの子は事実《じじつ》がわかっているのだと、それもきのう、レオンが話してくれた。

おどろいたあとに、ぼくの予想以上《よそういじょう》にがっかりしている羽月を見て、ぼくは自分がすごくわるいことをしたように思えてきた。しなくてもいいことをして、結果的《けっかてき》に羽月をきずつけてしまったのは、ぼく自身《じしん》だったんじゃないだろうか……。

「ごめんな、羽月」

羽月は、きょとんとした顔で、ぼくを見る。

「コロチがあやまることじゃないよ」

「いや、でも……」

ぼくは正直《しょうじき》に話した。一人でフェスを見にきたことや、彼《かれ》が女子だということを、きのうのうちに知っていたということも。

「よけいなことして……ほんとに、ごめんな」

「いいよ。結局《けっきょく》わかることだし。でも、マジショック！　ミオンが女の子だったなんて」

「うん、ミオンが……ミオン？　レオンじゃないのか？」

「え？　レオンってだれ？」

そういえばぼくは、レオンだかミオンだか知らないけど、本人に向《む》かっては、一度《ど》も名前で呼《よ》んだことはなかった。最初《さいしょ》の段階《だんかい》で、ぼくは聞きまちがいをしてたのかな。でも、マルボさんはたしか、レオンレオンって、いってたような気が……。

「あーらボウヤ、また会ったわねぇ。今日はかわいい子といっしょなのね。お似合《にあ》いよん！」

「わっ、マルボさん。あ、羽月《はづき》は、ただのおさななじみで……」

マルボさんは、ぼくの頭をふわっとなでると、ふりかえって手まねきをした。

「レオーン、おとといのボウヤよ」

なんだ、やっぱり、レオンて名でいいんじゃないか。

キラキラビーズの黒のジャケットが近づいてくる。あれ？　でもさっきレオンは、あっちのテーブルに……そのテーブルから、白いデニムジャケットがこっちに歩いてくる。

え？　ええー！　二人いるぞ、レオンが！　ど、どうなってるんだ、なにかのマジックか？

二人はぼくたちの前に立ち、白い彼《かれ》が、黒い彼の肩《かた》をだいて、いった。

「おれのふたごのアニキ、レオン」

「わあああ、ミオンとそっくりー！」

羽月《はづき》の目がまたキラキラと、ハートマークになっている。

混乱状態《こんらんじょうたい》の頭を整理《せいり》するために、ぼくは、ミオンにたずねた。

「えっと、そのー……アニキも、女子？」

「いや。アニキだから、男子。男女のふたごさ。バンドもアニキが先にはじめて、かっこよかったから、おれもべつのバンド組んだんだ。ここのフェスでは、アニキのバンドが午前中、おれのバンドが午後出演《しゅつえん》してて、あ、でもおとといは、アニキのつごうで代《か》わったけど」

じゃ、ぼくがきのう会ったのがミオンで、おととい会ったのはレオン？ てことは、バンドのほかのメンバーもちがってたのに、ボーカルばかり見てたから気づかなかったのか。

「あれ？ でも、おととい、ぼく、ボードに書かれていたバンド名もたしかめたんだけど」

「見まちがえたんじゃないか？ アニキはキラキラ系《けい》のテクノポップミュージックがすきで、だからバンド名はテクノボーイズだけど」

「テクノボーイズと、テクノボウズ？ ま、まぎらわしいんだよおおおお！」

ぼくは思わず、大声でさけんでしまった。

「あらボウヤ、なに吠《ほ》えてるのー？ さて、今日でフェスは終《お》わり。ねえみんな、アタシのお店にいらっしゃいよ。おごったげるわ！」

レオンとミオンをかこんでいた女の子たちにもマルボさんは声をかけ、みんなをひきつれ、ゆっさゆっさと歩いていく。

その店は、商店街《しょうてんがい》のなかほどにあった。シャンソン喫茶《きっさ》〈バラ色の人生〉。店のドアに「準備中《じゅんびちゅう》」の札《ふだ》をかけたマルボさんは、「さあさ、今日は貸《か》し切《き》りパーティー！」そういって、ジュースやピザを気前よく、ぼくたちにごちそうしてくれた。

テクノボーイズとテクノボウズの歌をみんなでうたい、めっちゃもりあがる。

マルボさんはシャンソンをうたった。『水に流《なが》して』という、人生をふりかえりうたう曲《きょく》は、なんだかせつなくて、しみじみしていて、ぼくは涙《なみだ》を流しそうになってしまった。

西の空があかね色にそまっている。羽月《はづき》とぼくは、ならんで帰り道を歩く。

「楽しかったねー！」

「うん。でも、ふたごだったなんて、チッ、おどろいたなー」

羽月は、こんどはレオンに恋《こい》したんだろうな……。ぼくはもう、よけいなことはしない。

「あのさコロチ、あたし、前からいおうと思ってたんだけど、その『チッ』ていうくせ、感《かん》じわるいからやめなよ。あたしも、へんな歌、へらすようにするからさ」

「え？　そんなに『チッ』とかいってるか？」

「うん。くせって、なかなか自分じゃ気づかないって、前にうちのおばあちゃんがいってた。その『チッ』がなくなったら、あたし、コロチのこと、もっとすきになると思うな」

……え？　え！　いま、なんていった？　聞きまちがえたのかな。

「ねえコロチ、さっき、『よけいなことしてごめん』っていってたけど、それって、あたしのこと、心配《しんぱい》してくれたからだよね？」

「……う、うん」

「やっぱりそうなんだ。サンキュ！」

そういうと羽月《はづき》は、きゅっと、ぼくの手をにぎった。え？　え！　えええー⁉

ドキドキドキドキ！　な、なんだ、この胸《むね》の音は。ぼくは、ぼくはこのふつうじゃないドキドキを羽月に気づかれないように、必死《ひっし》でクールな表情《ひょうじょう》をつくる。けど胸のなかでは、あのデクノボウズの歌が、ドキドキのリズムにあわせてガンガンガンガン鳴りひびいて……。

♪きみのハートの　ありかはどこだ
考えるアタマより　感《かん》じるココロ
恋《こい》はハートで　恋はハートで　恋はハートで　恋はハートで！

……チッ、とまらなかったんだ。

◆作者《さくしゃ》より

この作品《さくひん》「恋《こい》はハートで」のヒントにさせてもらったのは、『ハムレット』や『ロミオとジュリエット』でよく知られた英国《えいこく》の劇作家《げきさっか》シェイクスピアの、『十二夜《じゅうにや》』という喜劇《きげき》です。

わたしが高校生のときのこと。わがクラス二年B組の女子は、文化祭《ぶんかさい》の出しものとして劇を企画《きかく》しました。それが『十二夜』。嵐《あらし》で船が難破《なんぱ》して、はなればなれになってしまったふたごの兄妹ヴァイオラとセバスチャン。この二人とかかわる港町《みなとまち》の人々がくりひろげる、片思《かたおも》いと、いたずらと、思いちがいの物語《ものがたり》。からみあう人間もようが愉快《ゆかい》で、うたう場面《ばめん》も多い楽しいお芝居《しばい》です。わたしはピアノを弾《ひ》いて録音《ろくおん》したりと、音楽を担当《たんとう》していたのですが、登場人物《とうじょうじんぶつ》が多い劇なので舞台《ぶたい》にも立つことになりました。そして配役《はいやく》をくじ引きで決《き》めたため、ふたごの片方《かたほう》の役になってしまいました。この二人が似《に》ていなくて、どうしようかと（笑）。でも、なんとかメイクで似せて、無事《ぶじ》に本番を終《お》えることができました。たどたどしいお芝居でしたが、劇を観《み》ていた隣組《となりぐみ》——A組の女子で、「感動《かんどう》した！」と泣《な》いてくれた人もいました。いい思い出です。『十二夜』。みなさんもいつかぜひ、読んでみてくださいね。

鬼《おに》より団子《だんご》

吉橋通夫《よしはしみちお》

1

「ねえ、母さん。まだ？」

「もうすぐ最後《さいご》の、七曲《ななま》がりの急《きゅう》な登《のぼ》り坂《ざか》よ」

「この車で、だいじょうぶ？」

なんせ、母さんが十五年も乗《の》りつづけている軽自動車《けいじどうしゃ》だ。

「母さんの、あざやかなドライブテクニックを信《しん》じなさい」

信じられない。へこみやキズだらけの車体が、「信じるな！」とわめいている。

こんな山奥《やまおく》に人間が住《す》んでいるのも、信じられない。そこへひっこすことも、信じられない。

弟が助手席《じょしゅせき》に乗りたいと、だだをこねるから、うしろにすわったら、横《よこ》に乗ってきた父さんは、ずっとあたしにもたれっぱなしで、ねむっている。

ポンコツ車が、曲がりくねった山道を、けものみたいに、うなりながら登っていく。

急に、ポンコツ車がとまった。

父さんが、あたしのひざの上にずり落《お》ちたけど、まだ目をさまさない。こいつは「不死身《ふじみ》のねむり男」だ。

外へ出た母さんの声が、はずむ。

「ほら、大樹《だいき》も恵《けい》もおりてごらん。あそこが、母さんの生まれ育《そだ》った『きびの里《さと》』だよ」

あたしたちがひっこすのは、岡山《おかやま》の山奥《やまおく》にある、人口百人ほどのちっぽけな集落《しゅうらく》。なんと、平均年齢《へいきんねんれい》が七十歳《さい》だとか。学校までは車で十五分、歩けば一時間もかかる。

でも、そこが母さんのふるさと。

「おおっ、すげえ！」

弟の大樹が、いつもの「すげえ！」を連発《れんぱつ》する。いいよな一年生は、むじゃきで。

父さんをシートの上にころがして、あたしも車からおり、母さんの横《よこ》に立った。

「えっ、なに、これっ」

それしか言葉《ことば》が出なかった。

はるか下のひらけた場所《ばしょ》に、ぽっかり鏡《かがみ》のような池がひとつ。緑《みどり》の森にかこまれた青いひとみって感《かん》じ。

「あれは、蒼池《あおいけ》っていうのよ」

蒼池のまわりに、ぽつんぽつんと家がちらばり、まったくの別世界《べっせかい》だ。しんとして、風もうごいていない。

こんなところがあったなんて。

思いつく言葉《ことば》をならべてみる。

「わすれられた山村、かくれ里《ざと》、民話《みんわ》のふるさと……」

きのうまで住《す》んでいた町は、冷《つめ》たくかたい灰色《はいいろ》だったけど、ここは、やわらかい緑《みどり》色《いろ》につつまれている。空気までが、やさしい。

何か、とくべつなことに出会えそうな予感《よかん》がする。

母さんが、とくいげな顔をして鼻《はな》の頭をこする。

「どう、ご感想《かんそう》は？」

「うん……まあまあかな」

山奥《やまおく》なんかへひっこすのはいやだと、ごねまくっていたので、返事《へんじ》がしにくい。

「さて、いざ、新しきわが家へ」

2

その日の夕方、「新しき」わが家は、この里《さと》じゅうの人があつまったのかと思うほど、お年寄《としよ》りであふれかえった。

それぞれに、お酒《さけ》や食《た》べ物《もの》をもちより、「新住民歓迎《しんじゅうみんかんげい》パーティー」なるものが行われたのだ。

「この家に人が住《す》むのは、何年ぶりかのう」

「けいばあちゃんが東京《とうきょう》へ行ったのが、たしか十年前じゃけん、やっぱり十年ぶりじゃろうのう」

「東京みてえな都会《とかい》へ行くけん、早死《はやじ》にしてしもうたんじゃ」

ばあちゃんが病気《びょうき》になったので、母さんが引《ひ》き取《と》り、東京でいっしょに住みはじめたあくる年、あたしが生まれるのと入れかわりみたいに、亡《な》くなった。だからあたしは、ばあちゃんの顔も知らない。

でも、あたしの名前は、ばあちゃんの「けい」を漢字《かんじ》にした「恵《けい》」。ひっこす前に三度《ど》、父さんと母さんはここへ来て、あちこち、かたづけたり直したりしたけど、まだ終《お》わってないという。

それでも、いそいでやってきたのは、炭焼《すみや》きをすると決《き》めた父さんが、冬になる前に、ひと仕事《しごと》したいからだ。

毎朝、さえない顔をして会社へ行っていた父さんが、炭焼きの話になると、少年みたいに目をかがやかせていたけど、それが本当になってしまった。

母さんは、この家に残《のこ》っていた手《て》織機《おりばた》で、「自分の羽をぬいて世《よ》にも美《うつく》しい布《ぬの》を織《お》るわ」と、少女のように目をきらきらさせている。

あんたは、民話《みんわ》「夕鶴《ゆうづる》」の主人公《しゅじんこう》か。

世の中とは、少しずれた親だとは思っていたけど、少しどころではなかった。そんな仕事で、あたしと弟の大樹《だいき》をしっかり食べさせてくれるのかね。

いちおう母さんは、ここへ来るとちゅうにあった「道の駅《えき》」で、パートで働《はたら》くことになっているらしい。その「道の駅」で売っていた「きび団子《だんご》」は、この里《さと》の名物《めいぶつ》だとか。

お年寄《としよ》りたちのパーティーには、つきあいきれないので、早めに大樹《だいき》とふたりで、ふとんに入った。

大樹は、だれの血《ち》をひいたのか、横《よこ》になったとたんに、すやすやと寝息《ねいき》をたてはじめた。でもあたしは、広間の声がうるさくてねむれない。

ひっこし荷物《にもつ》はまだほどいてないので、本も読めない。

思い出した。この家を探検《たんけん》していたとき、角部屋《かどべや》というところに、ガラス戸のついた大きな本だながあった。けいばあちゃんの本らしい。

そろりと起《お》き出して、行ってみる。

電気をつけて本だなをのぞくと、やたら「鬼《おに》」と名のつく本が多い。

『鬼とはなんぞや』『昭和《しょうわ》の鬼退治《おにたいじ》』『鬼の神通力《じんつうりき》』『鬼より団子《だんご》』……。

題名《だいめい》から、『鬼より団子』をえらんで手にとる。ぱらりとめくったら、ひらりと紙が落《お》ちた。

習字でつかう半紙に、黒々と二行の文字。

鬼《おに》をけっして目ざめさせてはならぬ。

鬼は人の寿命《じゅみょう》を決《き》めてしまう。


けいばあちゃんが書いたのだろうか。

むかし話の世界《せかい》ならいざ知らず、まさか今の世《よ》に、鬼はいないだろう。でも、きっぱりとした筆文字《ふでもじ》には、大まじめな熱《あつ》い思いがこめられているようだ。

あたしは、たたみの上にすわりこみ、『鬼より団子《だんご》』を読もうとした。

そのとき、あけっぱなしにしてあった戸口から、何者《なにもの》かが入ってきた。

部屋《へや》のあかりが人影《ひとかげ》にさえぎられ、くらくてよく見えない。頭が天井《てんじょう》にとどくほどの大きな黒い人影が、ずしりずしりと部屋の中をとおりすぎていく。

な、なんだ、いったい。にげだしたいのに、体がうごかない。

これは、ゆめ？　それとも、まぼろし？

ふいに、低《ひく》い声が、むねにひびいてきた。

——ダイキ、十八歳《さい》、戦死《せんし》——

大男は、なぜか、あまいにおいをはきだしながら、反対《はんたい》がわにある戸口から出ていった。

かなしばりにあっていたあたしは、はっと、われにかえった。

「な、なによ、今の！」

たしか「ダイキ」っていってた。弟の大樹《だいき》のことかもしれない。

しかも、十八歳で戦死とか。

戦死って、戦争《せんそう》で死ぬことだよね。ちょっと前に、「戦後《せんご》七十年」とさわがれていたから、もうとっくに戦争は終《お》わっている。

いま、大樹は七歳。十一年後に、戦争で死ぬはずがない。

きっと、だれかとまちがえているんだ。七十年以上《いじょう》前に、「ダイキ」という人が戦死したことを口にしただけなんだ。

でも、じわじわと不安《ふあん》がむねにひろがっていく。

もし、あの大男が鬼《おに》だったら、神通力《じんつうりき》で人の寿命《じゅみょう》を決《き》めるとしたら……。

大樹《だいき》は十八歳《さい》で死《し》ぬのかもしれない。

「た、大変《たいへん》！」

あわててパーティー会場へとびこんだら、カラオケもないのに、手びょうしで大合《だいがっ》唱中《しょうちゅう》。

♪ツルは千年　カメ万年
　不老長寿《ふろうちょうじゅ》の　われらの里《さと》は
　しらが頭も　日本一
ひとり父さんだけ、完全《かんぜん》にのびている。たった一杯《ぱい》のお酒《さけ》で、すぐにねてしまう人だ。

「母さん、鬼《おに》が出た！」

大声でさけんだら、とたんに、しーん。

母さんは、とろんと、よっぱらった目をしている。

「鬼が……どうしたって？」

「大木みたいにでかいやつが、角部屋《かどべや》の中をずしりずしりと、こっちからあっちへ」

「やはり、出たか」

と、声をあげたのは、「不老長寿《ふろうちょうじゅ》」を絵にかいたようなおじいさん。まゆげも頭も口ひげも、真《ま》っ白《しろ》。

「あやういご時世《じせい》じゃとは思うておったけど、とうとう目ざめてしもうたか」

広間は、あんなにもりあがっていたのがうそみたいに、静《しず》まりかえっている。

不老長寿のおじいさんが聞く。

「恵《けい》ちゃん。その鬼《おに》、何かいわなんだか」

「いった！『大樹《だいき》、十八歳《さい》、戦死《せんし》』って」

お年寄《としよ》りたちが、顔を見あわせてつぶやく。

「大樹なんてもんは、この里《さと》には、おらん」

「よその人間のことじゃろう」

あたしと弟の名前は、父さんが最初《さいしょ》に紹介《しょうかい》したのに、もうわすれている。

よっぱらいの母さんが、大声をあげた。

「大樹は、わたしの長男でえす。十八歳ではありません。七歳でえす」

さっきの不老長寿《ふろうちょうじゅ》が、ふたたび口をひらく。

「やはり、おじょうちゃんは、けいばあちゃんの生まれかわりじゃのう。あの角部屋《かどべや》で鬼《おに》と出会ったのは、たまたまじゃねえで。けいばあちゃんも、おさないころに、鬼のおつげを聞いたことがあるんじゃ」

「ど、どんなおつげだったんですか」

「あんたが聞いたのと、同じじゃ。名前と年齢《ねんれい》と死《し》に方《かた》。その人は、おつげのとおり水死《すいし》しなさった」

「う、うそでしょう」

「ここにいるもんは、みんな覚《おぼ》えておる」

お年寄《としよ》りたちが、いっせいにうなずく。

「大樹《だいき》くんは、まちがいのう、十八歳《さい》で戦死《せんし》するじゃろう。鬼は、神通力《じんつうりき》で人の命《いのち》をうばいさるんじゃ」

お母さんが、大声でいいかえす。

「じょうだんじゃないわよ。この平和《へいわ》な日本で、だれが戦死なんかするもんですかあ」

不老長寿《ふろうちょうじゅ》が、あごひげをしごく。

「新聞を読んでおらんのか。日本も、いつまた戦争《せんそう》をおっ始《ぱじ》めるかわからんような世《よ》の中《なか》じゃ」

「じゃ、いったいどうしろっていうのよ」

「鬼《おに》が目ざめた以上《いじょう》、もはやどうすることもできん。なにごとも、運命《うんめい》とあきらめるしかねえじゃろう」

「だったら、わたしは大樹《だいき》をつれて、この里《さと》を出ていくわ」

「前におつげを受《う》けた者《もの》も、里を出ていって、外で水死《すいし》したんじゃ。どこへ行こうと、鬼の神通力《じんつうりき》からは、のがれられん」

パーティーは自然《しぜん》におひらきになり、みんな、だまりこくって帰っていった。

3

「あんな話、つくりごとに決《き》まってるわ。恵《けい》は、ゆめでもみたんでしょう。さっさとねなさい」

と、母さんに追《お》い立てられ、あたしも部屋《へや》にもどった。断《だん》じてゆめではないといいはったけど、聞いてはもらえなかった。

大樹《だいき》は、なんにも知らずに、ふとんをけとばしてねむりこけている。母さんそっくりの丸っこい顔を見ているうちに、だんだん、むねが苦《くる》しくなってきた。

大樹は、わずか十八歳《さい》で死《し》ぬかもしれないのだ。おとなになって、人生を楽しむ時間もなく、やりたい仕事《しごと》にうちこむこともできず、すきな人と結婚《けっこん》して、わが子をむねにだくこともなく……。

なんだか、目がうるうるしてきた。まだ、本当に死ぬと決《き》まったわけではないのに。

決まった？

じょうだんじゃないわ。鬼《おに》に人の寿命《じゅみょう》を決められて、たまるもんですか。

あたしだって、自分の一生をたいせつにしたい。めいっぱい、力いっぱい、せいいっぱい、思うぞんぶんに生きたい。むねがキュンとなるような恋《こい》もしたい。

人生のとちゅうで、命《いのち》をうばわれるなんて、とんでもない。

いったい、どうしたらいいんだろう。

もしかして、けいばあちゃんは、鬼《おに》のおつげをひっくりかえすために、鬼をしらべはじめたのでは？

あたしは、むくりと起《お》きあがって、ちょっとこわかったけど、角部屋《かどべや》へむかった。

すると、あかりがついているではないか。

「えっ、鬼？」

鬼がわざわざ電気をつけるだろうか。

部屋をのぞいてみたら、母さんと父さんだった。お酒《さけ》の酔《よ》いがいっぺんにさめたのか、ふたりで本だなの前にすわりこみ、鬼の研究者《けんきゅうしゃ》になっている。

いくら世間《せけん》からずれているとはいえ、やはり鬼のおつげが気になるようだ。

あたしを見ると、母さんは「あらっ」と、少しバツが悪《わる》そうな顔をした。

ふたりの前には、あたしが落《お》としたままにしていた、「鬼をけっして目ざめさせてはならぬ」の半紙がおいてある。

母さんがつぶやく。

「これ、けいばあちゃんの書いた字なのよ」

あたしも、ふたりの横《よこ》にすわって、『鬼《おに》より団子《だんご》』を本だなからとりだし、もう一度《ど》めくりはじめた。

でも、読めない漢字《かんじ》が多いし、むずかしい言葉《ことば》もあるし、だんだんまぶたがふさがってきた。

ぽとりと本を手から落《お》として、あわててひろいあげる。ぐうぜんにひらいたうら表《ひょう》紙《し》の内がわ、白いところに筆書《ふでが》きの文字があった。

　鬼には団子をつかうべし。
　鬼を蒼池《あおいけ》にとじこめるべし。

おばあちゃんが書いたものらしい。

「父さん、これを見て」

と、そこをひらいたまま手わたす。

父さんが、ポンとひざをたたいた。

「よしっ、わかったぞ。団子《だんご》をつかえばいいんだ。蒼池《あおいけ》にとじこめてしまえばいいんだ」

横《よこ》からのぞきこんだ母さんも、歓声《かんせい》をあげる。

「これで大樹《だいき》は、死《し》ななくてもすむわ！」

大よろこびをしているけど、何か、かんじんなことが、ぬけているのではありませんか。

「いったい、団子をどうつかうのよ。鬼《おに》にぶつけるの？　どうやって、蒼池の中にとじこめるのよ」

いそいで母さんが本をあちこちめくってみたけど、ほかに筆書《ふでが》きの文字は見つからない。

あたしは首をかしげながら聞いた。

「どうして、けいばあちゃんは、かんじんなことを書かなかったのかな」

「そんなこと、けいばあちゃんに聞いてみないと、わからないよ」

それが、四捨五入《ししゃごにゅう》したら四十歳《さい》にもなる、おとなの答えか。

はっと気づいた。

桃太郎《ももたろう》だ！

団子《だんご》は、きび団子にちがいない。「道の駅《えき》」で売っていた、この里《さと》の名物《めいぶつ》。

そういえば、蒼池《あおいけ》の真《ま》ん中《なか》に、ぽつんと島《しま》みたいな場所《ばしょ》があった。

「母さん、蒼池の真ん中にあるのは、『鬼《おに》が島《しま》』とちがうの？」

母さんが、あらっという顔をした。

「そう名づけたのは、けいばあちゃんよ。わたしが子どものころ、桃太郎の鬼退治《おにたいじ》の話をしてくれるとき、あの島を指《ゆび》さして、『いざ、鬼が島へ！』なんていってたわ」

「桃太郎は、どんなふうに鬼退治をしたの」

「ええっと、ちょっと待《ま》ってね。いま思い出すから……」

少しして、母さんが、けいばあちゃんの口調《くちょう》をまねするみたいに語りはじめた。

「桃太郎は、きび団子をぎょうさん船につみこんで、いざ鬼が島へとむかったんじゃ」

「えっ、きび団子を持《も》って、鬼退治に行ったの」

「まあ、だまって聞きんさい。ぼちぼち思い出してきたけん」

急《きゅう》に岡山弁《おかやまべん》になっている。

「鬼《おに》が島《しま》へつくと、大声でよばわったのじゃ。鬼よ、おめえの大すきなきび団子《だんご》をぎょうさん持《も》ってきたけえ、早《はよ》う出てきて食べんさい。ほれ、ええにおいがしとるじゃろう。そしたら、鬼がすがたをあらわして、むしゃむしゃ、もぐもぐ、食べるわ食べるわ。船いっぱいのきび団子を、のこらず食べつくしてしもうたんじゃ。鬼は、ああ、うめえ。ひさしぶりに、きび団子を腹《はら》いっぺえ食《く》うたけえ、ねむとうなってきた。わしゃ、もうねるわ……ちゅうて、こてんとねむってしもうた。それからというもの、鬼は長いあいだ、池の底《そこ》でねむっておるそうじゃ。むかしこっぷりどじょうのめ」

「なによ、どじょうのめって」

「けいばあちゃんが、むかし話が終《お》わったときにいう決《き》まり文句《もんく》よ」

「きび団子をたらふく食べさせて、池の底でねむらせればいいのね。そしたら、大樹《だいき》もたすかるんだね」

するとお父さんが横《よこ》から口をはさんだ。

「そんな、へんてこりんな鬼退治《おにたいじ》の話なんて、聞いたこともない。どうせ、けいばあちゃんがつくった、ほら話に決《き》まっているさ」

あたしは、いいかえした。

「じゃ、父さんは、大樹《だいき》をどうやってたすけるつもり？」

「もちろん、きび団子《だんご》をたっぷりと鬼《おに》に食わせて、ねむらせるつもりさ」

4

あくる朝、早くから、父さんと母さんは里《さと》じゅうをかけまわって、「きび粉《こ》」をもらってきた。ついでに、ぞろぞろと、お年寄《としよ》りたちもあつまってきた。

さて、みんなで、きび団子づくりだ。

♪ツルは千年　カメ万年
不老長寿《ふろうちょうじゅ》の　われらの里《さと》は
きび団子の味《あじ》も　日本一

土間《どま》と台所《だいどころ》とに、お年寄りがあふれ、かまどにまきをくべたり、きび粉をこねたり、むしたり、丸めたり、大さわぎ。

できあがったのは、ごま味《あじ》、きなこ味、あんこ味の三種類《しゅるい》。

大樹《だいき》とふたりで、ひとつずつ味見《あじみ》をさせてもらった。

「うん、いける！」

「道の駅《えき》」で売るときの十八個入《こい》りの紙箱《かみばこ》に、どんどんならべていく。箱の左右にはひもがついていて、ふたをして、くくるようになっている。

あっというまに、百箱《ぱこ》もつみあがった。

蒼池《あおいけ》には、不老長寿《ふろうちょうじゅ》の白ひげさんが、すでに船をうかべていた。船といっても、カップルが湖《みずうみ》などでよく乗《の》っている、手こぎのボートだ。

「むかし、この池には、コイやフナもすんでおった。わしらは船をうかべて、魚つりを楽しんでおったもんじゃ」

みんなの手わたしリレーで、ボートに団子入《だんごい》りの箱をつみこんだ。父さんと母さんが乗ろうとしたら、不老長寿がいった。

「恵《けい》ちゃんも、行かにゃいけん。なんせ、鬼《おに》の声を聞くことができるむすめじゃからのう」

少しこわかったが、あたしも母さんの横《よこ》にすわった。すると、弟の大樹《だいき》が、うきぶくろをかかえて走ってきた。

「ぼくも行く。だって、ぼくのために、みんなが……」

それだけしかいわなかったが、鬼《おに》のおつげのことを耳にしたようだ。

母さんがきっぱりという。

「そうだね。自分の命《いのち》を勝手《かって》にうばわれてたまるもんかって、鬼にいってやらなきゃね」

「うん。ぼく、がんばるよ」

母さんと父さんが、真《ま》ん中《なか》におしあいへしあいしてすわり、オールを一本ずつにぎった。あたしと大樹《だいき》は、いちばんうしろにならんですわった。

「いざ、鬼《おに》が島《しま》へ！」

母さんと父さんが、ボートの選手《せんしゅ》みたいにオールを動《うご》かしはじめたけど、ちゃんと前にすすまない。右へよろよろ、左へふらふら……。

あたしは、どなってやった。

「夫婦《ふうふ》なんだから、もっと息《いき》を合わせてよ」

岸《きし》からも、里《さと》のみんなが声をかけてくれた。

「それっ、エイホッ、エイホッ」

おさるのかご屋《や》さんみたいだ。

「それ行け、やれ行け、鬼《おに》が島《しま》」

「ひとこぎ、ふたこぎ、エイホッホッ」

やっとついた。父さんが島へとびうつって、大岩にボートのつなをくくりつける。

おとなが二、三十人、輪《わ》になってすわれるぐらいの島だ。

きび団子《だんご》の入った箱《はこ》を、四人で手わたしでおろす。島の真《ま》ん中《なか》につみあげ、いくつかの箱のひもをほどき、ふたをあけた。あまいにおいが、あたりにひろがる。

母さんがさけぶ。

「鬼よ。おめえの大すきなきび団子を、ぎょうさん持《も》ってきたけえ、早《はよ》う出てきて食べんさい。ほれ、ええにおいがしとるじゃろう」

でも、なんの物音《ものおと》もしない。鬼が出てくる気配《けはい》もない。

頭をひやしてよく考えてみれば、この島《しま》には、家もなければ木もはえていない。大きな鬼《おに》がすがたをかくす場所《ばしょ》など、どこにもない。

そのとき、ヒューンと、空気を切りさく音がした。とたんに、ドスーンと島がゆれた。

すると、目の前に、鬼が！

人の五、六倍《ばい》もありそうな鬼が、どこから飛《と》んできたのか、ズズンと立っている。

きのう、あたしが角部屋《かどべや》で見たときよりも、さらに大きくなっている。

「うわっ、鬼さま。どうか食わないで！」

ふるえながら、父さんがさけぶ。さけびながらも、両手《りょうて》をひろげて、母さんやあたしたちを守《まも》ろうとする。

母さんもさけぶ。

「わたしらは、おいしくないよ。食べるのなら、おいしいきび団子《だんご》をどうぞ！」

大樹《だいき》までさけんだ。

「ぼくの命《いのち》を持《も》っていくな！」

鬼《おに》は岩にこしかけると、きび団子《だんご》をひと箱《はこ》、手にとった。鼻《はな》をよせて、においをかぎ、なんともうれしそうに、ニッカニッカとわらう。

やおら、箱をななめにかたむけると、大口をあけて、きび団子を流《なが》しこんだ。

もぐもぐと二、三度《ど》口をうごかし、ごくりとのみこむ。すぐに、ふた箱目に手をのばし、ざーっと流しこむ。

次《つぎ》から次へと、ふたをとっては口の中へ流しこみ、あっというまに、百箱《ばこ》のきび団子を、すべてたいらげてしまった。

口のまわりを、舌《した》でぺろりとなめる。

――ふう、まんぷく。うまかった――

あたしには、鬼の声がそう聞こえた。

鬼は、人間をのみこんでしまいそうなほどの大あくびをひとつした。

――さあて、しばらくねむるとするか――

とたんに、しゅるしゅるっと体がちぢみはじめる。

ずんずん小さくなっていき、とうとう、小指《こゆび》ほどの大きさになった。

今だ！
あたしは、ぱっと鬼《おに》をつかみ、きび団子《だんご》の箱《はこ》にほうりこんだ。ふたをして、ひもを
ぎゅぎゅっとかたくむすぶ。
「あんたは、ずっと蒼池《あおいけ》の底《そこ》でねむっていなさい。二度《ど》と目ざめてはだめ！」
箱を、池へむかって思いきり投《な》げる。
小さな水しぶきをあげた箱が、ゆらゆらと池の底へしずんでいく。
あたしには、わかった。
人の命《いのち》をうばう鬼の神通力《じんつうりき》が、今、この世《よ》から消《き》えさったことが。

◆作者《さくしゃ》より

みなさんは、自分が何歳《なんさい》まで生きるかが、生まれたときから決《き》まっていたとしたら、どう思いますか。

『今昔物語集《こんじゃくものがたりしゅう》』の第《だい》二十六巻《かん》には、生まれたばかりの赤ちゃんが何歳のときに何が原因《げんいん》で死《し》ぬのかを、鬼《おに》がつぶやいて去《さ》る話があります。

医学《いがく》の発達《はったつ》していないむかしは、子どもが早く亡《な》くなることが多かったのですね。だから親は、「これは運命《うんめい》だ」「この子の寿命《じゅみょう》は前世《ぜんせ》から決まっていたのだ」と、自分にいいきかせることで、悲《かな》しみにたえていたのです。

でも、運命は自分で切りひらいていくものですよね。自分の一生を、だれかに決められたくはありません。命《いのち》の火を、人生のとちゅうで、だれかの手によって消《け》されてたまるもんですか。

そんなことを考えていたら、おとぎ話「桃太郎《ももたろう》」の鬼退治《おにたいじ》がうかび、この物語《ものがたり》ができました。

ねむっちゃった姫《ひめ》

服部千春《はっとりちはる》

園庭《えんてい》のすみっこで、だれかが『一年生になったら』の歌をうたっていた。

ぼくは、いやでも耳に入ってくるその歌詞《かし》を聞きながら、ぼうっと考えていた。

（一年生になったら、ほんとに友だちが百人もできるのか？　ぼく、百人分の名前なんて、おぼえられない、きっと……）

そして、すみれ組のミドリ先生にいわれて、お帰りの準備《じゅんび》をはじめた、そのときだった。

幼稚園《ようちえん》カバンを肩《かた》にかけたぼくの前に、サヤちゃんが立ったのだ。

「トモくん……」

ぼくは、「なーに？」と、首をちょっとかしげた。うつむいたサヤちゃんは、もじもじしながら、自分の幼稚園カバンから、ピンクの紙づつみをとりだした。

「サヤちゃん、なに、これ？」

「バレンタインデーだから……」

「えっ！　ぼ、ぼくに……？」

ぼくはびっくりして、なんていえばいいのかもわからず、ただつっ立っていた。

ぼくと、サヤちゃん。きっかけは、秋のおゆうぎ会でやった、『ねむり姫《ひめ》』の劇《げき》だった。

ねむり姫の役《やく》は、サヤちゃん。そして、ぼくが王子さまの役だった。

王子さまは、ベッドでずっとねむっているねむり姫の手をにぎった。すると、ねむり姫は、パチッと目をさました。

そのおゆうぎ会のすぐあとからだった。サヤちゃんは、いつもふと気がつくと、ぼくの近くにいるようになった。

サヤちゃんには、ぼくがほんとうの王子さまに見える……？　そんなわけないよなって、自分でわらってしまった。

でも、ぼくの目の前で、「チョコレート」らしいものをもっていたサヤちゃんのことを、ぼくはどうすればよかったのだろう？

そのとき、ぼくは、すっかりうろたえた。

すると、ぼくたちの異変《いへん》に気づいたすみれ組のみんなが、ざわざわしはじめた。

「あーっ。サヤちゃんが、トモくんに、チョコレートだってぇ」

「えーっ。そんなの、幼稚園《ようちえん》にもってきたらいけないんだよぉ」

「いいじゃん。だって、サヤちゃんは、トモくんがだーいすきなんだからぁ」

そこで、だれかがいいだした。

「じゃあ、けっこんするのぉ？」

「きゃあ！」なんて、女の子がいって、

「けーっこんっ、けーっこんっ！」

「けーっこんっ、けーっこんっ！」

みんなが、手をたたきながらの大合唱《だいがっしょう》になってしまった。

な、なんで、こうなるんだ？

顔をまっ赤にしてうつむいたサヤちゃんは、泣《な》きだしてしまった。

ぼくは、サヤちゃんの目から涙《なみだ》がおちたのを見て、ただおろおろ……。

ろうかにいたミドリ先生が、あわてて部屋《へや》に入ってきた。

「サヤちゃん、どうしたの？　お荷物《にもつ》はカバンにいれて、お帰りの用意《ようい》をしようね」

ミドリ先生は、サヤちゃんが両手《りょうて》でかかえていたピンクの紙づつみを、サヤちゃんのカバンにしまってしまった。

サヤちゃんは、すこしだけ顔をあげて、ぼくのほうを見た。

そのときだれかが、ミドリ先生に、よけいな告げ口《つぐち》をした。

「あのねぇ。サヤちゃんったら、トモくんとけっこんしたいんだってさ」

「ま、まあ……！」

ミドリ先生が目をまんまるにした。

顔をゆがめたサヤちゃんの目から、また大粒《おおつぶ》の涙《なみだ》がこぼれた。

ど、どうしよう……。

なにかいわなきゃ、とあせったぼくは、

「あ、あのさ。ぼくは、おとなになったら、いちばんすきな人とけっこんするんだ。でも、それがだれか、サヤちゃんかどうかは、まだわからないんだよ」

そんなことを口走っていた。

そのあとすぐ、バスのお当番の先生がよびにきて、サヤちゃんは黄色い幼稚園《ようちえん》バスにのって帰っていった。

ぼくがのるのは、青い幼稚園《ようちえん》バスのほう。

けっきょく、サヤちゃんのバレンタインチョコレートは、もらえずじまいだった……。


あれから、もう四年近くになる。そうだよね。ぼくは、四年生になった今でも、ときどき思いだす。

サヤちゃんをきずつけたままの、にがい後悔《こうかい》の気持《きも》ちと、耳にこびりついたままの『一年生になったら』の歌を……。

あのときぼくは、なんで、あんなことを口走ったのだろう……？　そのあと、サヤちゃんとは、ずっと口をきいていない。

何度《なんど》か話しかけようと思ったけれど、サヤちゃんは、一度もぼくのほうを見ようとしなかった。

そして、ぼくたちは、そのまま卒園式《そつえんしき》をむかえた。

一年生になったら、小学校でサヤちゃんに会ったら、ぼくはサヤちゃんになんていってあやまろう？

そのことばかりを考えていたのに、ぼくが入学した小学校には、サヤちゃんはいなかった。春休みのあいだに、遠い町へひっこしたのだと、あとで友だちがおしえてくれたのだった。


四年一組の朝の教室。

バタバタとろうかを走ってきて、ガラッといきおいよく戸をあけたのは、アキラだ。

「アキラ、寒《さむ》い。戸は、あけたらしめる！」

まだ十一月になったばかりなのに、風がつめたい朝だ。

アキラは、ぼくの注意《ちゅうい》もきかずに、ハアハアと肩《かた》で息《いき》をしている。

「て、転校生《てんこうせい》……」

教室の外をさして、アキラはそういった。

「いまさっき、職員室《しょくいんしつ》の窓《まど》から見えた。先生のそばに、知らない子がいた。あれは、ぜったい、転校生だ」

それを聞いて、クラスのほかの子たちもあつまってくる。

「えっ、転校生《てんこうせい》?」

「ほんとうなの?」

「男子? 女子?」

「どっち?」

するとアキラは、「さあ?」と、首をひねった。

「なんだよ、それ。男子か女子かもわからないんじゃ、はっきり見たわけじゃないんだろ?」

そんなんじゃ、転校生だというのも、あやしいもんだ。

「あれえ?」といいながら、頭をかくアキラ。

そこで、始業《しぎょう》のチャイムが鳴りはじめた。

キーンコーン、カーンコーン……。

あつまっていたみんなが、「なーんだ」といいながら散《ち》っていく。

始業のチャイムが鳴りおわると同時に、アキラがあけたままだった前の戸から、担《たん》任《にん》の坂井由里《さかいゆり》先生が入ってきた。

その先生の背後《はいご》を見て、教室のみんながどよめいた。

「あの子、だれ？」

「転校生《てんこうせい》？」

ぼくも、おどろいた。

先生のあとから、見たことのない子が教室に入ってきたのだ。

髪《かみ》はショートカットで、紺白《こんしろ》ボーダーのセーターを着《き》ている。デニムのスカートをはいていなければ、男の子にまちがえられそうなほどボーイッシュ。でも、くりくりとよく動《うご》くまるい目が、ちょっとかわいい。

その子を指《ゆび》さして、アキラがとくいげにさわぐ。

「ほら！　ほらあっ！」

教室のざわつきをしずめて、先生がいった。

「今日から、このクラスに友だちがふえます。おとうさんの仕事《しごと》の都合《つごう》でひっこしてきた……、そうね、自分で自己紹介《じこしょうかい》できますね？」

それまで入り口のそばに立っていた子が、「はい」と返事《へんじ》をして、教壇《きょうだん》にあがった。

「名古屋《なごや》からひっこしてきました。サイトウサヤです……」

先生は自己紹介《じこしょうかい》を聞きながら、黒板《こくばん》に白いチョークで「斉藤沙耶《さいとうさや》」と名前を書いた。

それでもぼくは、

(沙耶って、サヤちゃんとおんなじだ。サヤちゃんって、名字はなんだったっけ？あれ？　もしかして、斉藤だったかも……？　そうしたら、同姓同名《どうせいどうめい》？　斉藤って、よくある名前なんだよな)

なんてことを考えていた。

だってサヤちゃんは、色が白くて、ぷくんとしたほっぺがピンクで……長い髪《かみ》をいつもポニーテールにしていて、歩くと、くるんとカールした毛先がゆれて、かわいかった。

前に立っている、日焼《ひや》けなのか浅黒《あさぐろ》い肌《はだ》で、ボーイッシュなショートカットの斉藤沙耶と、サヤちゃんとでは、ずいぶんちがいがある。

すると、斉藤沙耶の自己紹介につづけて、先生がいったのだ。

「沙耶さんは、幼稚園《ようちえん》のときまでこの町に住《す》んでいて、そのあと、おとうさんが名古《なご》屋《や》に転勤《てんきん》になって、そしてまたこっちへ帰ってこられたそうです。だから、このクラスの中には、幼稚園《ようちえん》でいっしょだった人もいるでしょうね」

ええっ！

とたんに心臓《しんぞう》が、ドクドクと音をたてそうになった。

うそだ。うそだろ？

思わず、そうさけびそうになった。

けれども、同じことを、ぼくより先にいったやつがいた。

「うっそだあ！　ぜーんぜん、別人《べつじん》じゃん！」

アキラだった。思えばアキラも、通っていた幼稚園が同じだ。そして、クラスもすみれ組で、ぼくらはいっしょだったのだ。

そのとき、ぼくは見てしまった。

アキラのさけびのあと、沙耶《さや》の口が舌打《したう》ちのような音をたてたかと思うと、言葉《ことば》にしない口の動《うご》きだけで、

「うるさいよ」

斉藤沙耶

と、そういったのを……。

転校《てんこう》してきたその日から、すぐに沙耶《さや》は四年一組のクラスになじんでしまった。

だれになにをきかれても、沙耶は、はきはきとこたえる。勉強《べんきょう》も運動《うんどう》も、すごくよくできる。

なんでも、まえにいた町でサッカークラブに入っていたとかで、きっと運動神経《しんけい》がバツグンに発達《はったつ》したんだろう。

ひっこみ思案《じあん》で、いつももじもじして、だれかの後ろにかくれていた幼稚園時代《ようちえんじだい》のサヤちゃんと、今の沙耶が同一人物《どういつじんぶつ》だとは、ぼくにはどうしても思えない。

そう感《かん》じるのは、アキラも同じらしい。

「なあ、トモヤ。あれって、ほんとに、あのサヤちゃんなのか？」

そんなことを、アキラはぼくにきく。ぼくだって、信《しん》じられないのに……。

クラスにとけこんだ沙耶は、すぐに友だちにかこまれるようになった。

けれども、ぼくとアキラだけは、違和感《いわかん》をだいたまま、沙耶《さや》に話しかけることさえできずにいた。

沙耶のほうから、ぼくたちに声をかけてくる気配《けはい》も、まったくない。

沙耶は、ぼくのことに気づいているのだろうか？

幼稚園《ようちえん》のときのことを、おぼえているのだろうか？

あのときのことを今さらあやまったって、しかたがないのだろうか？

きいてみたいのに、なにもいえない、意気地《いくじ》なしのぼくだった。

それなのに、ぼくの目は、気づくと沙耶のことを見ていた……。


沙耶が転校《てんこう》してきてから、二週間がすぎた。

昼休みに、アキラとぼくはツレションをして、トイレから走って教室にもどるところだった。

アキラとふざけながら、ろうかの角をまがったら、だれかとぶつかりそうになった。

「あっ、ごめん！」

思わずあやまってから、相手《あいて》の顔を見ると、沙耶《さや》だった。

うわっ、どうしよう……。

おどろいて、立ちすくんでしまった。

アキラも、ピタッと動《うご》きをとめている。と思ったら、先に口をきいたのはアキラだった。

「ねぇ、あの、斉藤《さいとう》沙耶……さん」

アキラったら、そんなふうに沙耶のことをよんだ。

「なに?」

沙耶は、ひとことだけ返《かえ》して、首をかしげる。

「あのぅ、ぼくたちのこと、おぼえてる?」

なにをいうのかと思ったら、アキラはまっすぐそうきいた。

すると沙耶は、小さくうなずいたのだった。

「顔だけは、なんとなくね。でも、幼稚園《ようちえん》のころのことは、ほとんどおぼえてないんだ、わるいけど」

それだけいって、沙耶《さや》はすっすと歩きだす。

ぼくは、あぜんとしてしまった。

ほとんどおぼえてない？

じゃあ、四年前のバレンタインデーになにがあったのかも、おぼえていないってことか？

ぼくの、この四年間の後悔《こうかい》の日々は、いったいなんだったんだろう……？

心の中につみあげてきた、四年間の気持《きも》ちが、ガラガラと音をたててくずれていく感《かん》じがした。

すると、少し歩きかけていた沙耶が、くるっとこちらをふりかえった。

「あのさ、いっとくけど、今のわたしは、幼稚園《ようちえん》のときのわたしじゃないからね」

そして、つんと向《む》こうをむいて、沙耶はまた歩いていった。

なんなんだ？　今のは、なんなんだ？

「おい、トモヤ。ぼーっとして、だいじょうぶか？」

気がつくと、アキラがぼくの目の前で手をふっていた……。

そして、その日の午後のホームルームの時間。教壇《きょうだん》に立った先生が、クラスのみんなにむかっていった。

「みなさん、来月に学習発表会《はっぴょうかい》があるのは知っていますね」

「はーい！」

みんなの返事《へんじ》にうなずいて、先生はまたいう。

「そこで、このクラスは劇《げき》を発表したいと考えています」

「ええーっ！」

こんどはみんなが、おどろきの声をあげた。

ぼくだって、（劇？　そんなの、いやだぞ）と、なんだかわるい予感《よかん》がした。

少なくないブーイングの声にもめげずに、先生は話をつづけた。

「それで、劇発表では、『ねむり姫《ひめ》』はどうかなと思っています」

えっ？　『ねむり姫』だって？

幼稚園《ようちえん》のときといっしょだ。

なんだか、もっとわるい予感《よかん》。

ぼくが不安《ふあん》を感《かん》じているあいだに、先生は沙耶《さや》の名前をよんでいた。

「斉藤《さいとう》沙耶さん。『ねむり姫《ひめ》』のお姫さまの役《やく》はどう？　転校《てんこう》してきたばかりだし、クラスのみんなだけでなく、ほかのクラスやほかの学年の人に顔をおぼえてもらう、いい機会《きかい》だしね」

えっ？　ぼうっとしてたら、そんなことになっていたのか？

劇《げき》でお姫さまなんてやらなくても、沙耶はもうすっかり、この学校になじんでると思うのだけど……。すると、

「いいえ」

きっぱりといった沙耶が、立ちあがった。

「わたしは、ねむり姫になんて、なりたくありません」

先生は、「どうして？」と首をかしげる。

ぼくも、沙耶のあまりのきっぱりぶりに、あぜんとなった。

だって、幼稚園《ようちえん》のときの劇では、あんなにかわいい「ねむり姫」をやったサヤちゃ

んだったのに……。

沙耶《さや》は、あごを少しつんと上にむける。

「わたし、王子さまなんて信《しん》じていませんから。王子さまが来てくれるまで、ただねむって待《ま》っているだけなんて、そんなお姫《ひめ》さまになりたくありません。だから、『ねむり姫』はきらいです」

沙耶の宣言《せんげん》に、クラスのみんなもどよめいた。

「うわーっ！」

「すごーい！」

けれども、先生はさすがだ。そんな沙耶に負《ま》けてはいなかった。

「なるほどねぇ、沙耶さん。でも、そんな『ねむり姫』のことをどう思うか？　みんなに問題《もんだい》をなげかける意味《いみ》でも、いいかもしれないでしょ？」

そういって、沙耶をうなずかせてしまったのだ。

「よかった。お姫さまは、沙耶さんがひきうけてくれました。では、王子さまはだれがいいですか？　だれか、やりたい人？」

先生がそうきいても、だれも手をあげない。もちろん、ぼくもだ。

するとと、アキラは、わざわざ立ちあがっていったのだ。

「先生、王子さま役《やく》は、トモヤがいいと思います」

えっ？　ええっ⁉

ジョーダンだろうと、ぼくは自分の耳をうたがった。

それなのに、アキラの発言《はつげん》のあとすぐ、クラスのみんなが拍手《はくしゅ》した。

パチパチパチパチ……。

「トモヤくん、さんせーい！」

「それがいいと思いまーす！」

アキラのやつ！

もう、ぜったいにゼッコウだ！


つぎの日から、さっそく劇《げき》の練習《れんしゅう》がはじまった。

お姫《ひめ》さま役は沙耶《さや》で、王子さま役は、やっぱりぼくだ。

沙耶《さや》は、ぼくが王子役《やく》でいいのだろうか？

そう思いながらも、やっぱり沙耶になにも話しかけられない、どうしようもない、ぼく。

ぼくは、どんよりと暗《くら》い気持《きも》ちで、くばられた台本をひらいた。いやいや役をひきうけた沙耶だって、暗い気持ちはいっしょだろうと思った。

それなのに、沙耶はちがった。意外《いがい》にも楽しそうな顔で、劇《げき》の練習《れんしゅう》にはげんでいるのだ。

せりふの練習のときだって、はきはきと大きな声を出していた。はずかしくて、ぼそぼそとしかしゃべれないぼくとは、大ちがいだった。

「トモヤくん。だいじょうぶだから、勇気《ゆうき》をだして大きな声でせりふをいいましょう」

そう、ぼくは先生に注意《ちゅうい》されてしまった。

そしてやってきた、学習発表会《はっぴょうかい》、その本番の日。

四年一組の劇発表は、午後の部《ぶ》のプログラム一番だ。

ぼくたちは、昼休みのあいだに衣装《いしょう》に着《き》がえて、ひかえ場所《ばしょ》である体育館《たいいくかん》のうらに集合《しゅうごう》した。

ねむり姫役《ひめやく》の沙耶《さや》は、おかあさんに借《か》りてきたという、ふわふわした白いレースのワンピースを着《き》ている。大きめのワンピースが、ロングドレスみたいでかわいい。

十三人の魔女役《まじょやく》の子たちは、それぞれ自分たちで工夫《くふう》した黒い服《ふく》。

ぼくは王子さまだけれど、なんだかよくわからない、デニムのベストとジーパンの衣装だ。それでも金の色紙をはった王冠《おうかん》をかぶると、なんとなく王子さまに見えなくもない。

「みんな、あつまって！」

先生を中心にして、クラス全員《ぜんいん》で円陣《えんじん》をくんだ。

「四年一組、ファイト！」

「おーっ！」

うわぁ。ぼくは、胸《むね》がドキドキしてきた。

そっと沙耶のほうを見てみると……、沙耶はまったくおちついたようすで、小さくあくびまでしていた。

……舞台《ぶたい》の上では、お城《しろ》の塔《とう》のてっぺんに見立てた部屋《へや》で、十五歳《さい》に成長《せいちょう》したねむり姫役《ひめやく》の沙耶《さや》が、糸車《いとぐるま》に手をのばしている。

十五年前、姫の誕生祝《たんじょういわ》いのパーティーによばれなかった十三番目の魔女《まじょ》が、さからみをして呪《のろ》いをかけているとも知らずに……。

沙耶は、糸車の先の針《はり》で指《ゆび》をついてみせて、わざと「いてえっ！」なんて大げさな声をあげる。

見ている人たちが、わっとわらうと同時に、たおれたままねむりつづける姫。

暗《くら》くした舞台《ぶたい》に、机《つくえ》をくっつけてつくったベッドをはこびいれて、ねむり姫をそこにねかせる。ぼくの出番は、このあとだ。

何人もの若者《わかもの》が、とざされたお城をこじあけようとするが、うまくいかない。

そして、ねむり姫がお城ごとねむったまま、百年の年月がたった。

大きく息《いき》をすいこんで、舞台に出ていったぼくは、胸《むね》のドキドキをおさえて声をあげた。

「おぉ。ここが、ねむり姫《ひめ》の城《しろ》か」

それから、城をおおうイバラをたちきるつもりで、刀《かたな》をふりまわす。塔《とう》のてっぺんまでよじのぼっていく……つもりのアクションのあいだに、舞台《ぶたい》においた塔の絵がかたづけられた。

そして、こじあけたドアの向《む》こうで、ねむり姫はねむっていた。王子役《やく》のぼくは、ねむり姫の顔をのぞきこんで、いった。

「ねむり姫……、なんと美《うつく》しいことだ」

あ、あれ……?

スウ、スウ、スウ……。

ねむり姫役の沙耶《さや》から聞こえるのは、まさかの寝息《ねいき》? まさかね。なにもそこまでリアルに演技《えんぎ》をする必要《ひつよう》はないのに、と思う。

「ねむり姫、目をさましてくれ」

王子は、ねむり姫のほほに、そっと手をふれる。すると、ねむり姫は、パチリと目

をあける……はずだった。

なのに、沙耶《さや》からは、なおも寝息《ねいき》が聞こえる。

どうしよう？　あせったぼくは、両手《りょうて》で沙耶の体をゆすった。

「ねむり姫《ひめ》、おきろ。おきてくれ！」

「う……ん、なに？」

やっと片目《かため》をあけた沙耶は、王冠《おうかん》をかぶったぼくを見て、ぽかんとした顔になった。

そして、うーんと両腕《りょううで》をあげて大きなのびをして、沙耶はいったのだ。

「ふわぁー。よくねたわ」

舞台《ぶたい》を見ている人たちは、いっせいにわらった。おかげで、ぼくたち四年一組の劇《げき》発表《はっぴょう》『ねむり姫』は、コメディタッチのまま、幕《まく》をとじたのだった。

その日の終《お》わりの会のとき、がんばったぼくたちを、先生はほめてくれた。

「みんな、とてもがんばって、すばらしい劇発表でした。ちょっと脱線《だっせん》しちゃったかもしれないけれど、みんなが楽しくできたことが、ほんとうによかったと思います」

なんて……。

沙耶《さや》の席《せき》にちらりと目をやると、てれちゃうなぁ、という顔で、沙耶は頭をかいていた。

ランドセルを背負《せお》って、教室の外へ出ようとしたとき、よびとめられた。

「トモくん！」

ふりかえると、そこに沙耶がいた。

ちょっとはにかむような表情《ひょうじょう》をした沙耶に、はっとした。一瞬《いっしゅん》、むかしのサヤちゃんかと思ったのだ。

「きょうは、おこしてくれて、ありがとう。わたし、『ねむっちゃった姫《ひめ》』になるところだったね。あははは……」

上をむいて、大笑《おおわら》いをしている沙耶。

ぼくは、やっぱりあっけにとられて、つっ立っていただけだった。なさけないよね。

ただ、沙耶が「トモくん」と、むかしのようにぼくをよんだのに気づいて、ちょっとうれしかったことは、いっておきたい……。

◆作者《さくしゃ》より

むかし、小さな子ども時代《じだい》のわたしは、外国のお姫《ひめ》さまもののお話がだいすきでした。白雪姫《しらゆきひめ》も、シンデレラも、おやゆび姫も、ねむり姫も……。

ふわふわのロングドレスを着《き》て、王子さまによりそうお姫さまに、あこがれてあこがれて……。

しかし、成長《せいちょう》していくにつれ、気づいてしまったのです。わたしがいくら待《ま》っていても、白馬にのった王子さまは、ぜーったいに現《あらわ》れないことにです。

そして、王子さまが運命《うんめい》の扉《とびら》をひらいてくれるまで待っているなんて、つまらないと思いました。

来ない王子さまなら、こっちからさがしに行けばいい。自分の運命は、自分で切りひらいていくほうが、きっと楽しい。

「少年も、少女も、大志《たいし》を抱《いだ》け！」

わたしは、そう思います。

耳あり呆一《ほういち》

内《うち》田《だ》麟《りん》太郎《たろう》

え〜、お笑《わら》いを一席《いっせき》、おうかがいさせていただきます。

小泉八雲《こいずみやくも》先生のお書きになりました名作に、『耳なし芳一《ほういち》のはなし』というのがございますが……。こちらは、いたってアホな話でございまして。どれくらいアホであるかと申《もう》しますと、ああなって、こうなって……。早い話が、むにゃむにゃでございます。

いまを去《さ》ること、うん百年のむかし。

琵琶《びわ》の師匠《ししょう》が弟子《でし》を呼《よ》びました。師匠の名は明石泉一《あかしせんいち》。一方流《いちかたりゅう》です。この流派《りゅうは》は、名前に「一」をつけている方が多うございますから、芳一もその一人だったのかもしれません。

当時は、琵琶を習うほうも、教えるほうも、目のご不自由《ふじゆう》な方《かた》ばかりでございました。

「これ、彦一《ひこいち》」

師はあらたまった声で、弟子にいいました。

「おまえもいよいよ、ひとり立ちすることになったが、これからわしのいうことを、心して聞くのじゃ。平家琵琶《へいけびわ》の秘曲《ひきょく》に壇ノ浦《だんのうら》があるが、それにもまして、小宰相《こざいしょう》の局《つぼね》の入水《じゅすい》の場面《ばめん》のことである」

そこで師匠《ししょう》は、弟子《でし》の目をじっと見つめました。お二人とも目は見えませんが、気《き》持《も》ちは通じるのであります。

ちなみに、小宰相《こざいしょう》の局《つぼね》とは、平通盛《たいらのみちもり》の妻《つま》。宮中一《きゅうちゅういち》の美女《びじょ》といわれたお方《かた》です。この方が、源氏《げんじ》に討《う》たれた夫《おっと》のあとを追《お》い、入水《じゅすい》されました。身投《みな》げでございます。

「これらを語るには、くれぐれも用心しなくてはならぬ。心おろそかに語ったがために、ほろびし平家の怨霊《おんりょう》どもにとりつかれ、耳をうしなった琵琶法師《びわほうし》がいるのは、おまえも知ってのとおりじゃ」

「はい」

芳一《ほういち》のことです。

「この者《もの》のことは、古い話ではあるが、平家の怨霊はいまなお成仏《じょうぶつ》できずに、さまよっている。わかるか、彦一《ひこいち》」

「おそろしゅうございます」

彦一《ひこいち》はしずかに答えました。成仏《じょうぶつ》とは、うらみや迷《まよ》いをすて、仏《ほとけ》になることです。それができないということは……。

「おまえのことじゃ、これだけ申《もう》しておけば、わしも心配《しんぱい》することはない」

多くの弟子《でし》の中でも、人並《ひとな》み以上《いじょう》にすぐれている彦一です。師《し》は、弟子に茶をすすめました。

（それにしても、おなじ弟子でありながら……。あのアホ一《いち》は）

そのアホ一が泉一《せんいち》をたずねてきたのは、つい五日前のことです。

「♪風が柳《やなぎ》にほれたのか～　柳が風にほれたのか～♪」

大店《おおだな》の若旦那《わかだんな》でした。大店というのは、大きなお店と書くくらいですから、お金のほうにはご不自由《ふじゆう》しておられません。

「まあ、うちの親父《おやじ》ほどうるさいのはいないね。いくら雷《かみなり》がうるさいといっても、おいらの顔を見るたびに、がらがらどしーんとは落《お》ちてはこないよ。ところが、うちの親父ときたら、おいらの顔を見たとたん、ガミガミガミ……。あった」

若旦那《わかだんな》は、看板《かんばん》の前で足をとめました。三尺《じゃく》のヒノキ板《いた》に、墨《すみ》で「平家琵琶教授《へいけびわきょうじゅ》」と書いてあります。三尺というのは、九十センチほどでございましょうか。

「ここだね、熊公《くまこう》が教えてくれた、琵琶の先生というのは。うちの親父《おやじ》が、遊《あそ》んでばかりいないで、なんでもいいから勉強《べんきょう》しろというものだから、大工《だいく》の熊公に相談《そうだん》したら……。こ・ん・に・ち・は」

若旦那は、いましがた玄関《げんかん》から出てきた男に、あいさつしました。

「目がご不自由《ふじゆう》のようで、まことに申《もう》しわけないんだが、ひらや琵琶の先生というのは、おられるかね。おられたら、ちょっくら呼《よ》んでくんねぇ。おいらも、ひらや琵琶というのを、少々お教えねがいたいんだが……。もしかして、あんた、セ・ン・セ・イ？」

泉一《せんいち》と、アホ一《いち》の出会いでした。

泉一は声も出てきません。これほどのもの知らずがたずねてきたのは、初《はじ》めてでした。

「…………」

平家琵琶教授

「なんで、だまってるの？　お月謝《げっしゃ》？　それなら、ちゃーんと払《はら》いますよ。こう見えても、おいらは大店《おおだな》の、わ・か・だ・ん・な。なに、そう見えない？　見ちゃってよ。おねがい。ほら」

アホは、泉一《せんいち》の手に、小判《こばん》を一枚《まい》にぎらせました。

（……一両《りょう》）

泉一は、思わずほほをゆるめかけましたが、そこはそこ、苦虫《にがむし》をかみつぶした顔でいいました。

「平家《ひらや》ではない」

「ひ、ひらやではない。ということは、二階建《かいだ》て。つまり二階建て琵琶《びわ》。こりゃあ、いいや。平屋《ひらや》より二階だよね。おいらはますます教わりたくなっちゃった。ね、セ・ン・セ・イ」

「そうではない。平《たい》らな家と書いて、ヘイケと読むのじゃ」

「へー、平らな家と書いてヘイケね。あんたは学がおありなさるんだねぇ。いい人、ツ・カ・マ・エ・タ」

　こんな男でございました。

　いくら芸《げい》を教えても、身《み》につくはずはありません。が、月々《つきづき》一両《りょう》というのは、なかなかのミリョクがございます。住《す》みこみの弟子《でし》と思えば腹《はら》も立ちますが、一両付《づ》きの居候《いそうろう》と思えば……。

「明日《あす》から、来なさい」

　コケコッコ〜。

　一番鶏《いちばんどり》が鳴き、夜があけました。

「♪風が柳《やなぎ》にほれたのか〜　柳が風にほれたのか〜♪」

　アホがまいりました。

　が、先生には、アホになにを教えていいのやらわかりません。

「つまり、その、なんだな。え〜、つまり、その……。まずは、兄弟子《あにでし》のけいこでも見ていなさい」

　これが二日目。そして三日目に、師《し》はしょうことなしに、耳なし芳一《ほういち》の話と、小宰相《こざいしょう》の局《つぼね》の段《だん》を弾《ひ》き語《がた》りました。

「どうだ。平家《へいけ》の怨霊《おんりょう》は、こわいだろ？」

「なぁーんも」

「なぁーんも？」

先生は、かくんと前へつんのめりました。

ふるえだすかと思ったら、アホは手を打《う》ってよろこんでいます。それどころか。

「いいねぇ。その怨霊というお方《かた》に、おいらもひと目、会ってみたいね。小宰相《こざいしょう》の局《つぼね》という方は、めっぽう美人《びじん》なんでしょ。うん、美人なら、お化《ば》けだってかまいやしません。ね、セ・ン・セ・イ」

「…………」

泉一《せんいち》は、あきれて声も出てきません。

しかし、世《よ》に三日坊主《みっかぼうず》という言葉《ことば》がありますが、この若旦那《わかだんな》が、その見本みたいなものでした。話がひと息《いき》つくや、ぽんと手をたたきました。

「先生、わかりやした！」

「なにが、わかった」

「平家琵琶《へいけびわ》の極意《ごくい》がわかりやした」

「ハ！」

どたり。先生は、また前へつんのめりました。が、相手《あいて》は、平家《へいけ》を「ひらや」と読む男です。おだやかに聞き返しました。

「……そうか。で、どんなふうにわかった」

「いわくいいがたい境地《きょうち》でございます」

「ほほう。どのように、いわくいいがたいのだ」

「それがいえないから、いわくいいがたい、のでございます」

「なるほど。口にはできぬほどの、奥深《おくぶか》い悟《さと》りを得《え》たというのだな」

「さよう、しからば、そのとおり。さすがは先生だ。お察《さっ》しがはやい。だから、ちょ・う・だ・い」

弟子《でし》は師匠《ししょう》に、ぬっと右手をさしだしました。

「なにを？」

「なにをって、とぼけちゃって」

「わしは、とぼけちゃおらん」

「め・ん・じょう」

「免状《めんじょう》！」

先生は、またまた前へつんのめりました。

今日は、よくよくつんのめる日です。

「うん」

居候《いそうろう》は、にこにこわらっています。

まことにあきれた男でございます。ふつうならば「この、たわけ者《もの》！」と、師匠《ししょう》に足蹴《あしげ》にされてもおかしくはありません。が、師匠も目を細めました。

「ちと、高いぞ」

「五両《りょう》」

「も、ちっと」

「十両」

「いや、も、そっと」

「十五両《りょう》」

「うーん、もうひと声」

「二十両」

先生は、こくんとうなずきました。いささか急《いそ》ぎのお金が、必要《ひつよう》だったからでございます。

「では、いま、この場で書いてつかわそう」

師匠《ししょう》はそばにあった半紙に、すらすらすら。目は見えませんが、これも修練《しゅうれん》というものでございましょうか。

「ほれ」

「へー、これが免状《めんじょう》ね。ありがたい、ありがたい。で、なんて書いてあるんですか、先生、読んでくださいよ。ね、セ・ン・セ・イ」

若旦那《わかだんな》は、字が読めません。

「わかった。よく聞いておるんじゃぞ。

免状

この者《もの》は平怪《へいけ》ビワの奥義《おうぎ》をきわめし者なり
よって名をさずける
呆一《ほういち》
宗家《そうけ》　赤石船一《あかしせんいち》」

「くーっ、『ほういち』。こりゃあ、うれしいや。名人といわれたお方《かた》と、同じ名前でございますね」

「そうだ、ほういちだ」

あちらの「芳《ほう》」は、よい香《かお》り。つまり名誉《めいよ》の意味《いみ》がございますが、こちらの「呆《ほう》」は、そのままアホでございます。

「で、これからどうする。呆一《ほういち》」

「きまってらぁ、先生。さらにさらに学ばんと、芸道修業《げいどうしゅぎょう》の旅《たび》へ行ってまいります」

「ほほう。さらに学ばんとな。それはよい」

「そうでしょ。さらに学ばんと」

呆一《ほういち》は、ぽんと左うでをたたきました。

柿食《かきく》えば、うでが鳴る鳴る法隆寺《ほうりゅうじ》、でございます。

「達者《たっしゃ》でな。ああ、それから琵琶《びわ》を語るときは、にわか盲人《もうじん》になるのがよかろう」

「がってん承知之助《しょうちのすけ》だ」

いせいがいいのは、熊公《くまこう》ゆずりです。

月日は、またたくまに流《なが》れ……、はや三月《みつき》。

若旦那《わかだんな》は、赤間《あかま》が関《せき》にやってまいりました。いまの山口県下関《やまぐちけんしものせき》あたりです。

かの名人芳一《ほういち》が、平家《へいけ》の怨霊《おんりょう》に耳をもぎとられた、阿弥陀寺《あみだじ》のあるところでございます。

というよりも、平家が源氏《げんじ》にやぶれた壇ノ浦《だんのうら》の戦《いくさ》で、二位《にい》の尼《あま》にだきかかえられ海に身《み》を投《な》げられた、安徳天皇《あんとくてんのう》のお墓《はか》のあるところと申《もう》しあげましょう。そのとき、天皇のお年はわずか八歳《さい》。あわれでございました。

「来ましたよ。ついに、来ましたよ。アメニモマケズ、カゼニモマケズ……じゃなかったけれど。名人の足は、それをねがわずとも、神仏《しんぶつ》が招《まね》くということだ。いや、いや、名人呆一《ほういち》さまを。おっと、うっかりわすれるところだった。琵琶法師《びわほうし》は、目をつぶりましょ、つぶりましょ」

呆一《ほういち》は、にわか盲人《もうじん》になると、重々《おもおも》しくうなずきました。なあに、重々しくうなずくほどのことではございません。はじめっから、こちらをめざした気楽な旅《たび》でございました。なにしろ、道中にかかるお金は、江戸《えど》のおやじさまのツケでございます。

芸道《げいどう》の修業《しゅぎょう》というよりは、うまいものと、お酒《さけ》と、名所見物《めいしょけんぶつ》の、のんき旅でした。

それでも、わざわざこちらに寄《よ》りましたのは、名人芳一《ほういち》にあやかり、あわよくば、われも日本一の名人よと、はやしたてられたい下心《したごころ》があったからです。

「ごめ~ん。も~し、も~し、寺のお方《かた》~」

し~ん。返事《へんじ》がありません。

それもそのはず、小坊主《こぼうず》たちはびょうぶのかげで、ひそひそと話しておりました。

「なんだい、あの水色のぴらぴらした、たてじまの着物《きもの》は。おまけに、うらは桜《さくら》の花ふぶきだよ。それが琵琶をしょっての、ご訪問《ほうもん》。おおかた芳一殿《ほういちどの》きどりの、あほな若旦那《わかだんな》にちがいない。うっかり入れたりしたら、あとで和尚《おしょう》さんに大目玉だ」

「そうだ、そうだ。しかも、にわか盲人《もうじん》くさいぞ」

「くさい、くさい。入れたら、閻魔《えんま》さまがとんでくる」

そうとは知らない若旦那《わかだんな》は、また、さけびます。

「も～し、も～し。平家琵琶《へいけびわ》の名人がたずねてまいりました。ひらや、琵琶ではございません。正真正銘《しょうしんしょうめい》、平家琵琶の免状《めんじょう》も、ほら、ここにこのとおり。その名も、ホ～イチ、ホ～イチと申《もう》します」

し～ん。

カエルも返事《へんじ》をしてくれません。

「う～ん、この寺は、名人をわかる者《もの》がおらんとみえる。ああ、もったいなや、もったいなや。名人は行っちゃうよ。ひきとめるなら、いまだよ。い・ま・で・す・よ」

し～ん。

若旦那はあきらめました。

「しょうがない。あまり気はすすまんが、宿屋《やどや》へ行くか」

目をひらき、若旦那は歩きはじめました。気がすすまないにしては、足取《あしど》りがなんとも軽《かろ》やかです。酒《さけ》が呼《よ》ぶのでしょうか。鼻歌《はなうた》なんぞも出てきます。

「♪エ〜　花のお江戸《えど》じゃ　若旦那《わかだんな》
　旅《たび》に出てみりゃ　名人ホ〜イチ〜

　は〜　は〜　よ〜いとナ♪」

その呆一《ほういち》のうしろすがたを、墓石《ぼせき》のかげより、じっと見送《みおく》っている者《もの》たちがいました。身《み》をかためたよろいには、矢がぶすぶすとつきささり、青ざめた顔は、まるで死《し》人《にん》のようです。いうまでもなく、壇ノ浦《だんのうら》の戦《いくさ》にやぶれた、平家《へいけ》の怨霊《おんりょう》どもでした。

「たしかに、平家琵琶《へいけびわ》の名人と申《もう》しておったな」

「さようでございました」

「拙者《せっしゃ》も、しかと、この耳に」

青ざめた者どもは、よろいをがちゃつかせながら、うなずきあいました。

阿弥陀寺《あみだじ》は、安徳天皇《あんとくてんのう》はむろんのこと、左近衛少将平有盛《さこんえのしょうしょうたいらのありもり》をはじめ、壇ノ浦にやぶれし平家一門《いちもん》の供養《くよう》をしております。その怨霊どもが……。

知らぬは呆一《ほういち》ばかりなり。

平家一門之墓

どこまでもお気楽な若旦那《わかだんな》です。

「♪旅《たび》に出てみりゃ　名人ホ〜イチ〜♪　つ・い・ちゃっ・た」

旅館《りょかん》の名前は、清風荘《せいふうそう》とあります。このあたり一番の旅籠《はたご》です。旅《たび》の琵琶法師《びわほうし》などを泊《と》めるところではありませんが、番頭《ばんとう》は客《きゃく》を見るなり、とんでまいりました。

「いらっしゃいませ〜」

ひと目で、にわか法師の若旦那と見ぬいたからです。もみ手《で》で琵琶をうけとると、番頭は女中にひときわ高い声でいいました。

「お足を洗《あら》ってさしあげたら、いちばんいい部屋《へや》。そうそう、いちばんいい〈孔雀《くじゃく》の間《ま》〉にご案内《あんない》しなさい」

「いちばん」を二度《ど》くりかえします。さすがは番頭です。客あしらいがちがいます。

若旦那はいい気分で、床の間《とこのま》を背《せ》にしました。大きくあいた窓《まど》からは、青々とした海が見えます。

さっそく、旅籠《はたご》の主《あるじ》がやってまいりました。

「これは、これは、法師さま。ようこそおいでなさいました。おこまりのことがございましたら、なんなりと、この者《もの》たちにお申《もう》しつけください」

〝この者たち〟は、ずらぁ～りと料理《りょうり》をならべております。

「うむ、まあ。それはのちほどとして。少ないが、とっておいてくれ」

若旦那《わかだんな》は、主《あるじ》のてのひらに小判《こばん》を三枚《まい》。

「これは、これは、ありがとうございます」

主《あるじ》は、たたみにひたいをこすりつけました。百年に一度《ど》の上客《じょうきゃく》でございます。

鯛《たい》のお刺身《さしみ》に、灘《なだ》のお酒《さけ》。

「いいねえ、赤間《あかま》が関《せき》は」

若旦那は、ほろ酔《よ》いにさそわれて、ぐっすりとねむっておりました。そこへ、
がちゃり、がちゃり。

よろいの音をさせながら、ろうかを歩いてくる者がいました。平家《へいけ》の怨霊《おんりょう》どもです。

怨霊のすがたも音も、それにとりつかれた者と、仏道《ぶつどう》をおさめた者にしか、見えもしなければ、聞こえもしません。

若旦那は……はっと目をさましました。待《ま》ちに待っていたお方《かた》です。おそろしさに

ふるえだすどころか、心で手をたたきました。

（おいでですよ、おいでですよ。平家《へいけ》の怨霊《おんりょう》さまが、おいでですよ）

これで、伝説《でんせつ》の名人「耳なし呆一《ほういち》」になれるというものです。

ぴたり。足音は、若旦那《わかだんな》のまくらもとでとまりました。

「起《お》きろ！　琵琶法師《びわほうし》」

あらあらしい力が、若旦那の肩《かた》をぐいとひきおこしました。そのあまりのいきおいに、若旦那は、あやうく目をあけそうになりましたが……。

（用心、用心）

目をしっかりとじたまま、声のしてきたほうへ顔を向《む》けました。

「平家琵琶《へいけびわ》の名人と聞いたが、しかとまちがいはないか」

「へー」

「ならば、わしについてまいれ」

これで耳をひきちぎられましたら、まちがいなく「耳なし芳一《ほういち》の生まれかわり」とはやされます。

（うれしやな、うれしやな）

若旦那《わかだんな》は、冷《つめ》たい手に手をひかれながらも、うきうきと町をぬけ、林をぬけ、とあるお屋敷《やしき》につれていかれました。

「高貴《こうき》な方《かた》のお屋敷である」

「へー」

部屋数《へやかず》は、いったいどれくらいあるのでしょうか。若旦那は、あちらをまがり、こちらをまがり……。やっと、そちらにつきました。

「ここで、ひかえておれ」

「へー」

かしこまっている若旦那の耳に、しずかにふすまのあく音がしました。

とたんに、ぷ〜ん。なんともいえない、かぐわしいにおいです。白檀《びゃくだん》というものでございましょう。

「は、はーっ」

思わず若旦那は、ひれふしました。

「そちが、平家琵琶《へいけびわ》を」

やや年を召《め》した女の声がしました。高貴《こうき》な方《かた》におつかえする、老女《ろうじょ》にちがいありません。

「へ、へーっ」

かたまっている若旦那《わかだんな》に、こんどは若《わか》い女の声が話しかけました。まことに、おっとりと品《ひん》のあるお声です。

「こちらへ」

「へっ」

返事《へんじ》をしたものの、若旦那は一歩も前へ行けません。

「前へと、おゆるしじゃ。えんりょせずともよい。もそっと前へ行かれよ」

老女がいいました。

「いや、わたくしは、もう、ここで……」

さすがの若旦那も、高貴なお方の前では、ヘビににらまれたカエルです。

「さようか。ならば、そこで平家物語《へいけものがたり》を語ってくりゃれ」

「は、はっ。しかし……」

「しかし、なんじゃ？」

「おそれながら、平家物語《へいけものがたり》のすべてを弾《ひ》き語《がた》りますには、とてもひと晩《ばん》では時間が足りません」

「さようか。ならば、小宰相《こざいしょう》の局《つぼね》の段《だん》を聴《き》かせてくりゃれ。ひときわ哀《あわ》れと申《もう》すからな」

「かしこまりました」

このときを待《ま》っていた若旦那《わかだんな》です。ここぞとばかりに、琵琶《びわ》をかき鳴らしました。

べん、べん、べん、べら〜ん。

あたりじゅうに、ざわめきが起《お》きました。

「なんじゃ、こりゃ！」

むりもありません。〝門前《もんぜん》の小僧《こぞう》、習わぬ経《きょう》を読む〟のたとえどおり、ただの聞きおぼえです。それも、わずかに三日間だけの。しかしここが、若旦那の若旦那たるゆえんでございます。ざわめきも、

「どえらい名人だ！」

と、おどろいているとしか聞こえません。若旦那《わかだんな》は朗々《ろうろう》と、語りに入りました。

「♪待《ま》てとカエルの～　セミの木に～

　かたきを討《う》ちに～　宿《やど》さがし～♪」

座敷《ざしき》は、ひっくりかえるような笑《わら》いが起《お》きました。

「ほほほほほ」

「ハハハハハハ」

「かっ、かっかっかっか」

笑うたびに、よろいががちゃがちゃと音をたてます。若旦那は、まったく文字が読めません。そんな方《かた》が耳でおぼえただけで……、もとは、こちらでございました。

♪待てど帰らぬ　背《せ》の君《きみ》の

　形見《かたみ》を内に　宿《やど》しつつ♪

小宰相《こざいしょう》の局《つぼね》が、待てど帰らぬ背の君、つまり夫《おっと》、通盛《みちもり》の子を、おなかに宿しつつ、

との、聴《き》くも涙《なみだ》の語りはじめでございました。それが、若旦那にかかると、

♪待《ま》てとカエルの～　セミの木に～♪

化《ば》けも化けたり、エイリアンもびっくりの化けっぷりです。

「これは、いい。これじゃ、これじゃ」

「わらわも、ひさしぶりに笑《わら》いました」

「ああ、なんとひさしきあいだ、われら一同、笑いをわすれていたことか」

「さすが、名人呆一《ほういち》よ」

若旦那《わかだんな》は、やんややんやと、はやされながら、たっぷりとお礼《れい》をいただきました。

あの、白檀《びゃくだん》とやらの香《こう》をたきしめた舞扇《まいおうぎ》も。

「また、明日《あす》も来てくださるか」

おっとりとした声がいいました。この方《かた》こそ小宰相《こざいしょう》の局《つぼね》でありますが、にわか盲人《もうじん》の若旦那は、見ることができません。

「は、はーっ。かしこまりました」

つぎの夜も、そのつぎの夜も、またそのつぎの夜も、若旦那はいそいそと出かけました。

出かけるごとに血の気《ちけ》は失《う》せ、足もとはふらつき、顔には死相《しそう》がうかんでまいります。夜ごと、夜ごとに、怨霊《おんりょう》どもの死毒《しどく》が、若旦那《わかだんな》の血にまじるのでございます。

そんな足取《あしど》りで町を行く若旦那に、ばったり会ったのが、阿弥陀寺《あみだじ》の和尚《おしょう》でした。

いいえ、一日も早く耳をひきぬかれたい若旦那が、自分からお寺をたずねていくところでした。

和尚は、若旦那の顔をひと目見るなり、どなりつけました。

「おぬし、死相が出ているぞ！」

「やっぱり、そうですか」

若旦那は、うれしくて手をたたきました。

「なにをよろこんでおる。すぐに寺へ来なされ」

これから先は、みなさまがよくごぞんじのとおりです。若旦那は体じゅうに、ありがたいお経《きょう》を書いてもらいました。平家《へいけ》の怨霊封《おんりょうふう》じ。怨霊どもには、若旦那のすがたがまったく見えなくなります。

「これで、よし。わしは、しばらく都《みやこ》へ行くが、こうしてお経を書いておいたからには、だいじょうぶだ。宿《やど》へもどられてもよいぞ」

「ありがとうございました。和尚《おしょう》さま」

若旦那《わかだんな》は、旅籠《はたご》へもどると……、とんでもないことをはじめました。ぬれた手ぬぐいで、耳を、ごしごしごしごし。お経《きょう》を消《け》していきます。

「耳をひきちぎられてこそ、耳なし呆一《ほういち》さまよ。耳があったんじゃ、話にならねえや」

どこまでも若旦那でございます。

夜がふけ、よろいの音が聞こえてきました。

(おいでですよ、おいでですよ。おいらの耳をひきちぎりに)

ふすまのあく音がしました。と、同時に、男どもの悲鳴《ひめい》があがりました。

「お化《ば》けじゃー!」

暗闇《くらやみ》に、白い耳だけが、ぼーっ。

「にげないでよ~」

がっくりと肩《かた》を落《お》とした若旦那の耳に、
ぶ~ん。

蚊《か》が一匹《ぴき》。若旦那《わかだんな》の血《ち》をすいました。死毒《しどく》がたっぷりの血です。蚊はたちまち、顔をゆがめていいました。

「美味《びみ》なし呆一《ほういち》」

◆作者《さくしゃ》より

え〜、ご挨拶《あいさつ》をさせていただきます。

語り出しにもありますように、このお話は、小泉八雲《こいずみやくも》先生の『怪談《かいだん》』（「耳なし芳一《ほういち》のはなし」）をモトに書かせていただいたものでございます。

それも、おもしろおかしくとのご注文《ちゅうもん》に、されば落語仕立《らくごじた》てにと、『怪談』には登《とう》場《じょう》しない若旦那《わかだんな》や、平家琵琶《へいけびわ》の師匠《ししょう》、明石泉一《あかしせんいち》さんにもご登場《とうじょう》をお願《ねが》いしました。また、『宿直草《とのいぐさ》』の江戸《えど》の怪談話《かいだんばなし》よりも、小宰相《こざいしょう》の局《つぼね》さまにも客演《きゃくえん》をお願いしましたところ、こころよく花を添《そ》えていただき、これにまさる喜《よろこ》びはございません。

小泉先生は、明治《めいじ》の日本に来られたラフカディオ・ハーンというイギリスのお方《かた》です。小泉節子《こいずみせつこ》さんと結婚《けっこん》され、名も小泉八雲と改《あらた》め、この国の人となられました。日本の伝説《でんせつ》と習慣《しゅうかん》に宿《やど》る、つつましい美《び》を見つけてくださった方であります。これをご縁《えん》に、『怪談』をお手にしていただきますれば、幸《さいわ》いでございます。

古典《こてん》への扉《とびら》　悪《わる》い呪《のろ》いを解《と》く方法《ほうほう》

牧野節子《まきのせつこ》「**恋《こい》はハートで**」の創作《そうさく》のヒントになったのは、シェイクスピアの喜劇《きげき》「十二《じゅうに》夜《や》」（十七世紀《せいき》はじめの作品《さくひん》）です。原作がどうふまえられているのか、読みくらべると、おもしろいですよ。岩波文庫《いわなみぶんこ》（小津次郎訳《おづじろうやく》）や角川《かどかわ》文庫（河合祥一郎《かわいしょういちろう》訳）の『十二夜』を読んでみてください。十九世紀のはじめに、ラム姉弟《きょうだい》が戯曲《ぎきょく》を物語《ものがたり》に書きかえた『シェイクスピア物語』で読むのもいいでしょう。偕成社《かいせいしゃ》文庫（厨川圭子《くりやがわけいこ》訳）や岩波少年文庫（矢《や》川澄子《がわすみこ》訳）で翻訳《ほんやく》が刊行《かんこう》されています。

吉橋通夫《よしはしみちお》「**鬼《おに》より団子《だんご》**」の「あたし」は、引《ひ》っ越《こ》したばかりの山奥《やまおく》の家で、「ダイキ、十八歳《さい》、戦死《せんし》」という低《ひく》い声を聞きます。「あたし」の弟の大樹《だいき》は七歳で、戦争《せんそう》は七十年以上《いじょう》前に終《お》わっているけれど……。これは『今昔物語集《こんじゃくものがたりしゅう》』の、生まれたばかりの赤《あか》ん坊《ぼう》にむかって八歳で自害《じがい》するとつぶやく鬼の話を思い出させます。杉本苑子《すぎもとそのこ》が現代《げんだい》のことばで書いた『今昔物語集』（講談社《こうだんしゃ》）に、「鬼のつぶやき」の題《だい》でのっています。

服部千春《はっとりちはる》「**ねむっちゃった姫《ひめ》**」で二度演《どえん》じられる劇《げき》「ねむり姫」は、グリム童話《どうわ》の「いばら姫《ひめ》」をもとにしています。「いばら姫」でも、生まれた子にひとりの仙女《せんにょ》が呪《のろ》いをかけます。「鬼《おに》より団子《だんご》」の家族《かぞく》は、不吉《ふきつ》な予言《よげん》をさける作戦《さくせん》を必死《ひっし》で立てますが、「いばら姫」のほうは、どうなったのか。岩波少年文庫《いわなみしょうねんぶんこ》の『グリム童話集《どうわしゅう》』（佐々木田鶴子訳《ささきたづこやく》）や、福音館《ふくいんかん》文庫の『グリムの昔話《むかしばなし》』（フェリクス・ホフマン編《へん》・画、大塚勇三《おおつかゆうぞう》訳）でたしかめてください。日本でグリム童話と呼《よ》ばれている物語《ものがたり》は、グリム兄弟が創作《そうさく》した物語ではなくて、ドイツの昔話をグリム兄弟が聞き集《あつ》めて文字にしたものです。長い眠《ねむ》りからさめた、いばら姫は、少女から結婚《けっこん》する女性《じょせい》へとかわりますが、「ねむっちゃった姫」でも、サヤちゃんの女の子としての変化《へんか》が語られます。

内田麟太郎《うちだりんたろう》「耳あり呆一《ほういち》」は、その題《だい》から、小泉八雲《こいずみやくも》の「耳なし芳一《ほういち》の話」をもとにしているとわかります。「耳なし芳一の話」も、偕成社《かいせいしゃ》文庫の『怪談《かいだん》　小泉八雲怪奇短編集《かいきたんぺんしゅう》』（平井呈一《ひらいていいち》訳）や、講談社《こうだんしゃ》青い鳥文庫の『耳なし芳一・雪女　八雲怪談傑作集《かいだんけっさくしゅう》』（保永貞夫《やすながさだお》訳）で読んでみてください。小泉八雲（ラフカディオ・ハーン）は英語《えいご》で書きましたから、これらは、翻訳《ほんやく》された本です。芳一は琵琶法師《びわほうし》でしたが、内田麟太郎は、「え〜、お笑《わら》いを一席《いっせき》、……」と落語《らくご》にしています。

（児童文学研究者《じどうぶんがくけんきゅうしゃ》　宮川健郎《みやかわたけお》）

作者

牧野節子
（まきの　せつこ）
東京都出身。「桐下駄」で小さな童話大賞、「水族館」で女流新人賞受賞。著書に『サイコーのあいつとロックレボリューション』『あぶないエレベーター』『お笑い一番星』『空色バレリーナ』「夢見るアイドル」シリーズなど。

吉橋通夫
（よしはし　みちお）
岡山県出身。『たんばたろう』で毎日童話新人賞、『京のかざぐるま』で日本児童文学者協会賞、『なまくら』で野間児童文芸賞受賞。著書に『真田幸村と忍者サスケ』『すし食いねえ』『官兵衛、駆ける』『風雪のペン』『風の海峡』「凛九郎」シリーズなど。

服部千春
（はっとり　ちはる）
京都府出身。『グッバイ！　グランパ』で福島正実記念ＳＦ童話賞大賞を受賞。著書に『さらば、シッコザウルス』『おたんじょうび、もらったの』「トキメキ図書館」シリーズ、「四年一組ミラクル教室」シリーズ、「ここは京まち、不思議まち」シリーズなど。

内田麟太郎
（うちだ　りんたろう）
福岡県出身。『さかさまライオン』で絵本にっぽん賞、『がたごとがたごと』で日本絵本賞、『うそつきのつき』で小学館児童出版文化賞受賞。著書に『十二支のおはなし』『おばけもこわがるおばけ』「ワニぼう」シリーズ、「おれたち、ともだち！」シリーズなど。

画家

山本重也
（やまもと　しげや）
大阪府出身。イラストレーター。スカイレールタウン「みどり坂」パンフレットで中国新聞広告賞カラー部門賞、『サム　あたたかな奇跡』（装丁画）で日本出版美術家連盟新人賞受賞。作品に『満月の泥枕』（新聞小説挿絵）、『いいかげんがいい』（装丁画）など。

装丁・本文デザイン　鷹觜《たかのはし》麻衣子
編集協力　宮田庸子

古典から生まれた新しい物語＊おもしろい話
耳あり呆一

発　行　2017年3月　初版1刷
編　者　日本児童文学者協会
画　家　山本重也
発行者　今村正樹
発行所　株式会社偕成社《かいせいしゃ》
〒162-8450　東京都新宿区市谷砂土原町3-5
TEL.03-3260-3221（販売部）　03-3260-3229（編集部）
http://www.kaiseisha.co.jp/
印　刷　三美印刷株式会社
小宮山印刷株式会社
製　本　株式会社 常川製本

NDC913　128p.　20cm　ISBN978-4-03-539630-7

迷宮ケ丘
一丁目
窓辺の少年
日本児童文学者協会・編

時間をめぐる五つのお話

第一期

5 分間の物語

1 時間の物語

1 日の物語

3 日間の物語

1 週間の物語

第二期

5 分間だけの彼氏

おいしい *1* 時間

消えた *1* 日をさがして

3 日で咲く花

1 週間後にオレをふってください

日本児童文学者協会 編

©磯 良一

古典から生まれた新しい物語

日本児童文学者協会 編

〈恋の話〉 迷宮《めいきゅう》の王子　スカイエマ・絵

〈冒険の話〉 墓場《はかば》の目《もく》撃《げき》者《しゃ》　黒須高嶺・絵

〈おもしろい話〉 耳あり呆《ほう》一《いち》　山本重也・絵

〈こわい話〉 第三の子ども　浅賀行雄・絵

〈ふしぎな話〉 迷《まよ》い家《が》　平尾直子・絵

©浅賀行雄

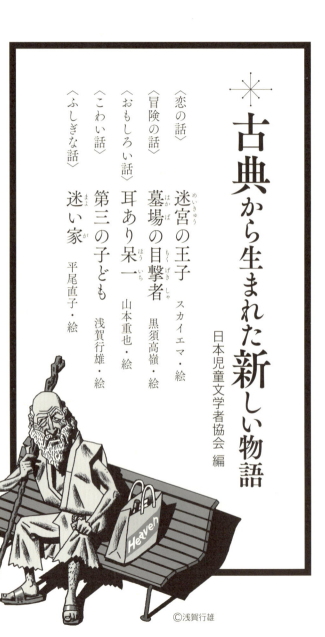